夫には殺し屋なのは内緒です

講談社文庫

夫には　殺し屋なのは内緒です

神楽坂 淳

講談社

目次

第一話　料理は殺しほどは楽ではありません

濃厚な闇の匂《にお》いの中に、かすかに血の臭《にお》いが混ざっていた。

新鮮な血のそれが殺しの成功を物語っている。

武家屋敷の奥の一室であった。畳《たたみ》は決して新しくはない。むしろ古びていると言っても良かった。

武士というのは屋敷には金をかけない。どのような大身《たいしん》であっても内情はお粗末なことが多い。

江戸の金は商人のところに集まるようにできているからだ。

それでも悪事を働いて金を蓄える連中はいる。しかしそういう連中は案外けちで、金は貯めるがあまり使わない。

目の前で死んでいる男もそんな類《たぐい》の男だった。

死んでしまっても惜しくもない。

息が絶えたことを確かめると、花川戸《はなかわど》月《つき》は素早くその場から離れた。死体の臭いというのは強い。体についていては困るからだ。

寝静まっている武家屋敷の中をするすると抜ける。

金を節約するために使用人はほぼいない。

殺し屋としては武家が一番楽ともいえる。

そして。

今日の務めはあっさりと終わったのだった。

大根おろしでしっかりと指を洗うと、指先にかすかに残っていた血の臭いがすっかりとれた。

血にはなんといっても大根おろしである。

そして月にとっては、朝の一大事が待っていた。

飯を炊《た》く。

これである。さらさらした米が水を入れて炊くと飯に変じる。人の命を断つのは得意な月だったが、飯を炊くのはどうにも苦手であった。

しかし早く炊かないと、夫が起きてしまう。

月の夫の要《かなめ》は北町《きたまち》奉行所に勤める隠密同心《おんみつどうしん》である。真面目で堅物《かたぶつ》がとりえなので、正直隠密同心にはあまり向いていない。

しかしそれなりに活躍しているらしい。本人というよりもまわりに恵まれているのだろうと月は思っている。

結婚して三ヵ月。とても嫁には向かないと思っている月がなんとかやっていけているのは、要の性格のよさゆえといえた。

月は北町奉行柳生久通《やぎゅうひさみち》の庶子《しょし》である。本来なら世に出ることもなくひっそりと育つはずだった。

しかし月は武芸に秀で、中でも殺しの才能に恵まれていた。世がどんなに平和になったとしても暗殺が不要になることはない。

だから一族は月を殺し屋として育てあげたのであった。

久通は月が可愛くて、なんとか人並みの幸せを摑《つか》んでほしい、と願っていた。だから同心の花川戸要に嫁がせたのである。

庶子とはいえ、通常奉行の娘が同心に嫁ぐことはない。家格も違う。そのうえ花川戸要はものすごくできる男というわけでもなかった。

ただ久通の見るところ少々浮世離れしていて、恋もしそうにはなかった。

奉行になるにあたって一つこの男なら、と思って無理を通したのである。

婚礼はひっそりとしたもので、他の同心にも知らせなかった。だから要が結婚したことは知っていても相手のことは「わけあり」というだけにしたのだ。

夫のことをよく知らずに嫁ぐのは珍しいことではないが、月が嫁に向いているのか誰か考えているのだろうか、とそこが心配であった。

そして嫁いで三ヵ月。なんとか米が飯に変化することが多くなってきてはいた。

釜の蓋を開けると、なんとなく飯のようなものがあった。しゃもじですくうと、さらさらとしていて、米と粥《かゆ》のやや米寄りというものができていた。

これならまあ、ぎりぎり平気ではないか。と自分をなぐさめる。

玄関の戸が開くと、夫の要が入ってきた。

「おはよう」

「おはようございます」

要は朝起きるとまず庭で素振りをする。同心は屋敷だけはわりと広いから、庭で汗を流すのに困ることはない。

起きぬけにまず要は汗をかいてから朝食をとるのが習慣だった。それまでに朝の用意をしておくのが月の務めであった。

「用意はできています」

飯の他におかずの用意もしてある。

「今日はボラを勧められたので、それで作りました」

「それは楽しみだ」

要は嬉《うれ》しそうに笑った。その笑顔に胸が痛くなる。ボラは今の季節の魚である。煮ても焼いても美味《おい》しく食べられる。

しかし月の技量では煮ることも焼くこともうまくいかない。結果として茹《ゆ》でるという方法をとっている。

これなら生焼けになることもない。ただし料理法としては一番美味しくないだろう。

それにもらったお新香《しんこ》ともらった梅干し。そしてお湯に入れれば納豆汁《なっとうじる》に変化するという惣菜《そうざい》で何とか形を整えている。

世話女房の手間のかかった朝食というわけにはとてもいかなかった。

「うまそうではないか」

要は笑顔になるとまずは魚に手をつけた。

「よく火が通っててうまいぞ」

月をかばっているのか本心なのか全くわからないが、とりあえず旺盛《おうせい》な食欲で食事を平らげていく。

「おかわり」

飯もしっかりおかわりするから、少なくともいやではないのだろう。

食べ終わると、すぐに身支度をする。

しばらくすると小者《こもの》の吾郎《ごろう》がやってくるだろう。吾郎は四十歳の手慣れた小者で、要の面倒を何かと見てくれている。

父親の代から勤めている小者だ。要も十一歳で見習いに上がった時から付き合っていて、小者というよりも面倒を見てくれているおじさんという関係だ。

仲がいいだけに、月としては自分が吾郎にどう見られているのか気になる。どこからどう見ても不甲斐《ふがい》ない嫁には違いない。

一体どうしたら気を利かせられるのかまるでわからなかった。

「おはようございます」

吾郎の声がした。

「おはようございます」

月は慌《あわ》てて玄関まで迎えに行く。そして今日は、心に思っていた疑問を吾郎にぶつけてみることにした。

「あの、吾郎さん。お伺いしたいことがあるのです」

「何ですか、ご新造《しんぞ》さん」

吾郎が笑顔を向けてくる。

「嫁としての、吾郎さんに対する立ち居振る舞いがまるでわからないのです。尋ねるのも不躾《ぶしつけ》かと思って我慢してきたのですが、少し教えていただけないでしょうか」

月に言われて、吾郎は笑い出した。

「武家のご新造さんが俺なんかに気を使う必要は全くありませんよ。そこら辺の石ころみたいなもんですから。お好きに接してください」

「夫が世話になっている吾郎さんにぞんざいな対応などできません。お恥ずかしい話ですが私は世間知らずなので、色々教えていただけると助かります」

「分かりました。気がついたことがあったら言うことにしますよ」

吾郎はもう一回楽しそうに笑った。どうやら不愉快ではなかったようだ。

要が身支度を終えて出てきた。

「では行こう」

そう言うと、二人連れだって出かけて行った。同心は一人では何もできない。そもそも大切な荷物は挟み箱という箱に入れて、小者が担いで持っているのである。捕り物をするにしても小者がいなければ着替えすらできない。

どんな小者を雇えるかが同心の鍵になると言えた。

その意味では要は恵まれていると言えるだろう。

台所の片付けをしていると、人の入ってくる気配がした。殺気はない。近所の長屋に住んでいるおかみさんだろう。

足音からすると、梅《うめ》という女房のようだった。梅は左足と右足を踏み出す速度が少し違うらしく、独特の足音がする。

「おはよう」

声をかけられてから振り向く。あまり察しがいいとそれはそれで怪しまれてしまうような気がするからだ。

月が殺し屋であることは夫の要も知らない。あくまでも内緒の家業なのである。つなぎ役を務める人間以外は父親の久通しか知らない。

「驚いた。どうしたのですか、梅さん」

「漬物《つけもの》のことでちょいと相談があるんだよ」

梅は人の良い笑みを浮かべて月を見た。

「何か新しいのを漬けるんですね」

「そうそう。それで場所を変えたくてさ」

「もちろんいいですよ」

月は笑顔を返す。

梅が漬物の相談に来るのにはわけがある。庶民の住んでいる長屋では自分で漬物を漬けるのは歓迎されない。

江戸は火事が多いから、家の外で漬物を漬けていると甕《かめ》なり樽《たる》なりが火事の時の避難の邪魔になるという理由であった。

武家屋敷の庭であるならその心配はない。だから近所のおかみさんは月の家で様々な漬物を漬けているのだ。

その代わりきちんとおすそ分けをくれるので、月としては非常に助かっていた。それがないと要の食事が貧しくなってしまう。

「じゃあいつものようにしておくね」

梅が上機嫌で出て行ってしばらくして。

今度は月の客が来た。

これも足音でわかる。何の特徴もない静かな足音だ。慣れていないと足音がしたことすらわからない。訓練を受けたものであった。

「ごめんなさい」

芸者特有の挨拶《あいさつ》をすると、一人の少女が中に入ってきた。

「いらっしゃい、あやめ」

声をかけると、あやめは何の表情も浮かべないまま月の耳元に唇《くちびる》を寄せた。

「昨夜はお疲れ様でした」

「続けてというのは珍しいよね」

「はい。しかし旦那《だんな》様の仕事に関わることなので月様に、という仰《おお》せです」

「わかったわ、どうすればいいの」

「とりあえずこれを」

あやめはいつもの手紙を月に渡すと、素早く家から立ち去った。

「やれやれ、忙しいことね」

そう言うと、月は大きくため息をついたのだった。

天明《てんめい》七年。徳川《とくがわ》の将軍が十一代家斉《いえなり》にかわると、江戸の政治にも大きな変化があった。一番大きいのは老中田沼意次《たぬまおきつぐ》の失脚である。

これによって「田沼時代」と呼ばれた時代は終焉《しゅうえん》を迎える。

しかしだからといって体制を極端に変えるわけにもいかず、幕府は混乱のさなかにあった。この混乱を利用して悪事を働く悪党はあとをたたず、幕府としては「柳生」から奉行を迎えて沈静化をはかることとなった。

つまり、裁けぬ者は殺《や》れ、ということである。

そのために使われているのが月だ。

なにかあったとき、同心の嫁であれば犯人として疑われる可能性は低い。殺しの仕事はやりやすくなる、といった非常に感情のこもらない結婚であった。月もそれでいいと思っていた。

しかし一つ誤算があった。

男性と付き合ったことのない月には要は非常に好もしくて、一言で言ってしまうと恋をしてしまったのである。

そもそも結婚してから夫に恋をしていいのか月にはわからない。相談できる相手も全くいなかった。

心を開く人間がいればそれだけ殺しに影が差す、と教わってきたからだ。恋人も友人も持たずに殺しをする人形。

そう育てられた月が果たして恋などしてもいいのか。

そもそも要は自分のことをどう思っているのか。

それすら怖くて尋ねられない。

とりあえずまず目標を殺そう。

殺しのことを考えて、ひとまずは落ち着くことにしたのだった。


「いいご新造さんですね、旦那。美人だし」

吾郎が言うと、要はため息をついた。

「本当に可愛らしくていい女だと思うよ」

「それにしては浮かない顔ですね」

「いい女過ぎるのだ」

要はさらにため息をついた。

「俺なんかで満足できる女ではないような気がする」

月は要が接したことのないような美人だ。かなりの箱入りらしくて家事は得意とは言えないが、頑張ろうとしてくれているのはわかる。

要は料理などは得意なので、手伝いたいとも思うのだが、余計なことをして気分を害しては悪いと手を出していない。

いつも笑顔で接してくれてはいるが、腹の中では冴《さ》えない男だと思われているような気がしてならなかった。

「旦那が嫌われてるってことはないと思いますよ」

吾郎がにやにやと笑う。

「むしろ惚《ほ》れられてるんじゃないですかね」

「そんなことがあるのだろうか。自分で言うのもなんだが俺は女に惚れられるような男ではないと思う」

「人間の魅力って色々ありますからね。それよりも旦那、例の件をどうしましょうかね」

「そうだな」

「最近は面倒な犯罪が多くて困ります」

「うむ」

面倒な、というのは盗賊《とうぞく》のことである。少し前まで、盗賊はあくまで町人の仕業《しわざ》であった。もし混ざっていても浪人である。

しかし最近は旗本《はたもと》が頭目《とうもく》を務めることも出てきたのである。これだと町奉行所で取り締まれない。

揉《も》み消されることもあるのだ。

旗本と言ってもきちんと身分が保証されるのは長男だけである。次男や三男は、あくまで長男が死んだ時の予備であって、そうでなければ役には立たない。

金も身分もなく、あるのは暇だけという連中が盗賊に混ざってしまう。稼いだ金をそれなりに賄賂《わいろ》に使えばそう簡単には捕まらない。

取り締まる側も、庶民が少々損をするぐらいなら、自分の懐《ふところ》に金が入れば文句を言わないという風潮が出来上がっていた。

これは田沼意次の悪い部分である。もちろんいい部分も多く、政策に関してはほとんどが継承されていると言ってもいい。

しかし犯罪部分に関しては決して許されない悪影響が出ていた。

「救いの部分もあるんですけどね」

吾郎が渋い表情で言う。

旗本が盗賊の場合、人は殺さない。人を殺してしまえば揉み消すのが難しくなってしまうからだ。しかし怪我《けが》ぐらいはさせるから、物騒でないというわけではない。

「捕まえても揉み消されるのではやりがいがないからな」

「そのせいで定廻《じょうまわ》り同心の連中は旗本の盗賊だと思うとすぐにやる気を失ってしまうんですよね。だから泣き寝入りが増えてしまっている」

「そのための隠密廻りだろう」

要は肩をすくめた。

たとえ徒労《とろう》に終わろうとも庶民のためにやるべきことはやらないといけない。

「なにか摑めたのかい」

「それが、どうも盗賊の後ろにいたのがやはり旗本だったらしいですよ。岡《おか》っ引《ぴ》きが言っていました」

「金星《きんぼし》が言ってたのか？」

「そうです」

金星というのは柳橋《やなぎばし》を根城《ねじろ》にしている岡っ引きだ。本名は誰も知らない。いつかは金星をあげるといつも言うから、いつの間にか金星の親分と言われていた。

「いい加減なことを言う男じゃないからな。ということは奉行所は手を出せないっていうことになるのか」

「それが後ろ盾が急病で死んでしまったらしいんですよ。そのせいか、手下だった町人連中は追手を撒《ま》けないようになったみたいです」

「そいつはめでたいな」

「手柄をかっさらわれたみたいで気分が悪いじゃないですか」

「捕まれば何でもいい。手柄なんて誰が持って行ってもいいだろう」

「もう少し欲を持った方がいいですよ。あんなご新造もいるんですから」

「手柄を立てないと嫌われるかな」

要は真面目に問いかけた。

「嫌ったりはしないでしょうが、やはり手柄を立てる男の方が気分はいいんじゃないですかね」

「それは少し困った問題だな」

要は犯人を捕まえることもあるが、それはあくまで江戸を守りたいのであって手柄が欲しいわけではない。

だから手柄に汲々《きゅうきゅう》とするような人間にはなれそうになかった。

「とりあえず柳橋に行ってみましょうよ。金星の野郎を捕まえるのが早いでしょう」

「そうだな」

奉行所から柳橋はそう遠いわけではない。もっともどちらかというと南町奉行所の縄張りだから、北町の要は少々肩身が狭くはある。

南町と北町は月番制であり管轄《かんかつ》が分かれているわけではないが、それでも多少の縄張りはある。景気のいい日本橋《にほんばし》は南町が中心。どちらかというと景気の悪い辺《あた》りは北町が中心である。

南町の方が付け届けを受け取りやすいようにできているのだ。

柳橋は吉原《よしわら》に向かう船着場があるので結構な賑《にぎ》わいを見せている街だった。小料理屋も軒を並べて羽振りはいい。

要のような貧乏同心には一生縁のないような料理屋が多い。

柳橋から両国《りょうごく》に向かう橋の辺りに金星はいた。どうやら要を待っていたらしい。

「花川戸の旦那」

向こうから声をかけてきた。

「お手柄だったらしいじゃないか」

声をかけると、金星は苦々しげな表情で首を横に振った。

「そんないいもんじゃありませんよ、旦那」

「お前が手筈《てはず》を整えたんじゃねえのかい」

「そうといえばそうなんですけどね」

どうやらなにかわけありらしい。岡っ引きは同心を「旦那」と呼ぶが、別に旦那は誰でもいい。事件が解決できて金がもらえればいいのである。だから要に対して操《みさお》を立てる必要もない。

「なにかいやなことがあったのか？」

要が尋ねると、金星は思いきり首を縦に振った。

「おうよ。俺は同心の手伝いはしているが犬っころじゃねえからな」

どうやら同心にかなり軽んじられたらしい。

しかしこの辺の定廻りは南北ともに岡っ引きを軽んじる性格ではない。そもそもそんなことをしていては同心はやっていけないからだ。

「いったい誰にやられたのだ」

「南町の同心、井村源之助《いむらげんのすけ》ですよ」

「なんと。井村殿が」

要は心の底から驚いた。井村源之助、四十歳である。子供のころからずっとこの辺りの見廻りを続け、見習いから同心になった男である。

温和で人を怒鳴ったこともない。岡っ引きを軽んじるということからは最も遠い男だと言ってもいいだろう。

「何を言われたのだ」

「金はくれてやるからこの件を嗅《か》ぎ回るのはやめろ、ですよ」

それから金星は肩をすくめた。

「その代わり小遣いもらえましたよ。一分《ぶ》もね」

それはかなり高い。岡っ引きの手数料といえば大体が一朱《しゅ》である。そもそも同心がたいして金を持っていないのだから、岡っ引きに大盤振る舞いはできるわけがない。

つまりどこかに金の出る泉があるということだ。

と言っても同心が犯罪に加担するなどということはまずない。バレた時は一家が断絶してしまうからだ。

つまり犯罪に加担するというほどではないが、揉み消したいというところだろう。

自分の手下を集めてきて固めてしまえば事件はどうとでもなる。

一体何を揉み消したいのか要には全くわからなかった。

「調べますか」

金星が訊《き》いてきた。

「やめておけ、色々と面倒くさそうだ」

要は捨てておくことにした。定廻りが揉み消せることなどたかが知れている。

盗賊や人殺しなら火盗改めが出てくるようなことだから揉み消すもなにもない。奉行所の手からも離れるからだ。

あるとしたら、そのときその場にいてはいけない人間がいた、くらいだろう。

一番多いのは密通の証拠だ。

大きな事件にならないのであれば放っておくにかぎる。

定廻りの扱いになった以上、脇から口を出すのは野暮というものだ。ただしこれが次の犯罪につながるようであれば見過ごすわけにもいかない。

「どこがやられたんだ」

「日本橋の呉服屋、沢村屋《さわむらや》です。押し込みだったようですね。人は死んでいないですが、顔はバッチリ見られているようです」

「捕まらない自信があるということだな。揉み消し盗賊か。厄介《やっかい》だな」

「お上は別に庶民の味方じゃないですからね」

金星が苦笑する。

「嗅ぎ回らない程度に探ってみよ」

「わかりましたよ」

金星はそう言うとさっさと離れてしまった。

「今日は適当にやるか」

吾郎に声をかける。隠密廻りは定廻りと違って縄張りはない。ぶらぶらしていればそれでいいのである。

「旗本が死んだというのはどうして知ったのだ？」

「病死らしいんですがね、殺されたっていう噂もありまして」

「なるほど。しかし簡単に噂になるようなものではないな」

要はあらためて考えた。

そのころ。

月のほうは旗本の死を知らせる読売《よみうり》に目を通していた。

悪の旗本が殺されたことになっている。殺したのは月だから間違いではないが、読売などに話が出回るものでもない。

これができるのは父の久通くらいだろう。

月には意図はわからないが、事件が解決したということで誰かを炙《あぶ》りだしたいのかもしれない。

考えても仕方がないので考えるのをやめる。

それよりも今日の夕食をどうするかだ。月としては茹でた魚ではなくて焼き魚を出したい。少しでも美味しいものを食べてほしいのである。

そろそろ行商が来る時間だ。魚屋で魚を選ぶのは月にはまだ難しい。行商人の解説つきで魚を買うほうが安心できた。

頃合いを見て家から出ると、長屋のおかみさんが三人集まっていた。月の家の近所にある長屋の住人であった。

この長屋に住んでいるのは大工などではなくて、浮世絵師や学者などである。なのであまりお金のある人は住んでいない。

その分女房たちは倹約が上手で家事にも長じている。

だから月にはありがたい相手だった。

「こんにちは」

梅と竹美《たけみ》、そして松《まつ》が挨拶してくる。梅の亭主は浮世絵師。竹美の亭主は学者。松の亭主は占い師であった。

松の亭主はそこそこ稼ぐが、他の二人はなかなか厳しい。

だから梅も竹美も漬物同様、月の家の庭を使って盆栽《ぼんさい》を育てていた。江戸は盆栽がなかなか金になるのである。

月にはそのような技量はないから、もちろん好きに使っていいと言ってあった。

それに庭に花が咲いているのは正直助かる。なにかあったときに血の臭いをごまかすことができるからだ。

「夕食の買物ですか？」

梅が尋ねてくる。

「そうなの。魚を買いたいのだけれど」

「それならもう少しで来ますよ」

竹美が笑顔になる。

「いまの時期はやはり鯖《さば》ですよ。わたしたちで買いますから」

「お願いします」

しばらくすると魚売りがやってきた。ここのおかみさんたちに売るつもりらしくて、真っすぐに向かってくる。

「へい。こんにちは」

言いながら笊《ざる》をおろす。笊の中には鯖が入っていた。

「これ、おまけしてね」

松がずけずけと言う。

「いつもまけてるじゃないですか」

魚売りが苦笑した。

「わたしたちが買わないと捨てるしかないでしょ」

梅も言う。

「そんな。魚屋さんも仕事なのですし」

月が慌てて間に入る。あまり値切るのも悪い気がした。

「仕方ねえ。三割安だ」

魚売りが言った。

「安じゃないわ。三割よ」

梅が言う。

「それは鬼でさあ」

魚売りが悲鳴のような声をあげた。月もそう思う。いくらなんでも追いはぎのような値切り方の気がした。

「売らないのかい?」

梅がさらに言うと、魚売りはあきらめた顔になった。

「売ります」

すごい、と月は思う。月にはとてもできそうにない交渉だった。

「さあさあ。月さんの取り分だよ」

おかみさんたちが鯖を一本くれた。

「お代は庭の使用賃でいいね」

「ありがとうございます」

月は鯖を受け取ると、大切に家に持ち帰った。

といってもここからが問題である。うまく焼けるものなのだろうか。眺《なが》めていても鯖が自分から焼けてくれたりはしない。

要が帰ってくる足音がした。

「おかえりなさい」

振り返って笑顔になる。

「勘がよいな」

言いながら要が鯖を見た。

「いい鯖だな」

「うまくいくといいのですが」

答えながら、月は首をかしげた。

なにかいやなことがあったのに違いない。要の汗から、そんな匂いがする。

人間は汗の中に、さまざまな心の内を吐き出す。よくないことがあればそれが汗ににじむのである。

「今日はいやなことがあったのですね」

「なぜわかる」

「要さんの体からそんな匂いがします」

要が自分の体の匂いをかぐ。

「俺にはわからないな。敏感だな、月は」

「要さんの匂いですから」

思わず赤くなりながら言うと、要も少し赤くなった。

「今日の鯖は俺が焼こう。月は座っていてくれ」

「そんな」

「俺もやってみたい。たまには作らせてくれ」

要に押し切られるようにして奥で待つ。

ほどなくして、要が料理を運んできた。じゅうじゅうと音をたてて鯖が焼けている。梅干しに、瓜《うり》漬けがある。それに味噌汁《みそしる》があった。

「簡素なものだがな」

圧倒的に月よりも技量が上である。

「いつも茹でていてすいません」

月は思わず頭を下げた。

「なに。お伊勢《いせ》焼きも悪くないものだ」

要が当たり前のような顔で言った。

「お伊勢焼きとはなんでしょう」

「うむ。お伊勢参りではな、魚を焼いていては客を裁ききれぬので、茹でるのだ。それなら大量に扱えるからな。最後に火箸《ひばし》で焦げ目を入れればわからない」

「でも味はかなり違います」

要の焼いた鯖は美味しい。月の茹でた魚とは大違いである。

月は「味などどうでもいい」という育てられ方をしてきたが、それでも違いの分かる美味しさである。

「これからも俺が作れるときは作ろう」

要が自然に言った。

「あまり甘えてはよくないです。これでも妻ですから」

月はなんとか言い返した。

「ところで先ほどの話だが。どうしていやな目にあったと思った」

真顔で聞かれる。

「それは本当に匂いなのですが。最近のお務めで盗賊を追っていらしたでしょう」

月が読売を取り出した。

「このことと関係があるような気がしたのです」

要は、読売を見ると厳しい表情になった。

「そうだな。おそらくは関係がある。しかしおそらくでしかない」

「どういうことですか？」

「事件を定廻りに持っていかれた」

そう言うと、やや窺《うかが》う表情になる。

「月は、俺が手柄を立てないと俺のことがいやになるか？」

「なぜですか？」

「出世しない男は女房に嫌われるというではないか」

「そんなことはないですよ」

わたくしはあなたが好きです。

さらりと言おうとしたが、声が出ない。いざとなると照れてしまう。

妻としてはここが大切だと思うが、うかつなことを言って要に嫌われたくない。

「要さんは要さんです」

そういうのが精一杯だった。それだけでも胸がどきどきする。

「そうか。今回な、手柄を定廻りが持っていくのはいいのだが、事件に手を出せなくされそうなのだ」

「どういうことですか？」

「どうも旗本がからんでいて、俺に触れられたくないらしい」

たしかに。父の久通すら、堅物で融通《ゆうずう》がきかないと評した要である。事件を揉み消したいならまずは遠ざけたいだろう。

それにしても、と月は思う。要がさばけなかった相手は確実に殺したはずである。月が殺したのは隠れ蓑《みの》であって本命ではなかったということなのだろうか。

だとすると下手を打ったということでもある。本物の悪党は手の届かないところで笑っているのかもしれない。

「少し生家に戻るかもしれません。父に呼ばれているのです」

「そうか、父上も大変だろうからな。帰ってくるといい」

要にとっては、月の父親は上役である。少々煙たいのかもしれないがそういった気配は微塵《みじん》も見せなかった。

「明日行ってまいります」

「うむ」

結局今日も思いを伝えることはできなかった。そう思いつつ、月は食事を終えたのだった。


そして翌日。

月は生家ではなく、一軒の芸者の家にやってきていた。

「この間の殺しはおとりだったみたいだね」

芸者の龍也《たつや》が、やや斜《はす》に構えた笑みを浮かべた。

「つなぎを取った人間が間違えたのではなくて？」

「こちらの間違いじゃないと思うよ。相手が上手だったってだけじゃないかな」

龍也は、深川《ふかがわ》で芸者を営んでいる。芸者と言っても深川の芸者は、吉原のように本物の芸者だと胸を張れるものではない。

幕府が認めているのは吉原芸者だけである。深川の芸者はどこまで行っても素人《しろうと》という扱いでしかない。

その評判を吹き飛ばすために、深川の芸者は芸を磨《みが》くことに一生懸命である。

そもそも芸者というのは日陰者である。本来は遊女が行っていた芸事を、遊女の代わりに受け持つようになったのが芸者なのだ。

だからどうしても格落ちした遊女という印象があった。

そのため遊女以上に工夫が必要であった。遊女の源氏名《げんじな》のかわりに、男まさりの権兵衛名《ごんべえな》を名乗るのもその現れである。

「そもそもさ。殺しの標的になりそうな奴は吉原に行くんだから、つなぎ人は吉原に入れるのが筋なんじゃないかい」

龍也が不満そうに唇をとがらせた。

「吉原にはそう簡単に入れられないでしょう」

月が返す。

芸者にしても遊女にしても、吉原は一歩踏み込んだらそう簡単に外には出られない。だから外部から吉原に忍び込むのは簡単ではなかった。

料理人ですら吉原の中に暮らしているのである。

「誰か吉原にもぐり込んでくれるといいのだけれど」

月がため息をつくと、龍也が鼻で笑った。

「そう簡単に行くなら苦労はしないだろうよ。それよりも殺したのはいったいどんな奴だったんだい」

「田沼意次の眷属《けんぞく》といったところね。商売は上手というか。商売人から賄賂をとってずいぶん儲《もう》けていたみたい」

「それだけなら殺すようなことはなさそうだけど」

龍也が言うのに、月は首を横に振った。

「これが盗賊の頭目だったから。これ以上揉み消したくなかったんでしょう」

「でもこの読売を見る限り、それは隠れ蓑だったということだね」

龍也が大きく頷《うなず》いた。

「この話を読売に流せるのは父の久通くらいよ。つまり、北町奉行所の深いところに裏切者がいるかもしれない」

月としては奉行所を疑いたくはないが、裏切者がいると厄介であった。

「それで今回は、隠れてる奴を殺すってことかい。それはいいけど金は誰が払うんだ。誰にも内緒だと金主がいないじゃないか」

たしかにそうだ。殺し屋というのは無償では殺さない。あくまで依頼主がいてこその殺し屋だからだ。

父の久通は直接依頼はしてこない。

「あやめが手紙を持ってきたけど、あれは違うの？」

月が言うと、龍也が眉をしかめた。

「くろもじ屋か、あんたにも行ったのかい。突き返したかったんだけどね」

たしかに龍也の気持ちもわかる。

後ろにひそむ悪を殺せ、という依頼であった。殺し屋は殺しが仕事であって、岡っ引きの真似は仕事のうちに入らない。

獲物を調べるのは依頼側の仕事であった。

「でも今回は気になるのよね。うちの人が関わってる事件のような気がする」

「うちの人？」

龍也がくすっと笑った。

「たまたま一緒に暮らしてるだけだろう。まさか情でも移ったのかい？」

龍也に言われて言葉を返せない。

月が黙っていると、龍也が身を乗り出してきた。

「おいおい、本当なのかい？」

「好きになってしまいました」

月が言うと、龍也は声を上げて笑い出した。

「あんたにも人間の血が通っていたんだね」

「自分でもびっくりしています」

どんな時でも心が全く動かないのが月の特徴だった。にもかかわらず要のことを考えるだけで心は動いてしまう。

「一体どこがそんなにいいんだい」

「わかりません」

月が答えると、龍也は腕を組んだ。

「わからないかい。っていうことは本物だね」

「わからないと本物なんですか」

「好きっていうのは自分ではよく理由がわからないものなんだよ。相手が嫌いになった時は百でも理由は出てくるけどね。好きな時には好きってことしか理由はないのさ」

龍也はそう言ってにやにやと笑う。

「それじゃあ旦那がさばけないような奴を代わりに殺してやるのに力が入るってもんだね」

「あの人が関係なくてもちゃんと殺しますよ。それが仕事ですから」

「はいはい。わかってるよ」

龍也はからかうように言ってから、表情を引き締めた。

「それにしても旗本が盗賊に手を出すっていうのは、世の中がおかしくなってるっていうことだからね。正直全部殺してしまうしか方法がないんだ」

旗本が盗賊となると、下手をすると家が取り潰《つぶ》されてしまう。ちょっと用心棒をやったなどというのとはわけが違う。

だから勝手にではなく家が認めて盗賊をやっている、と久通は疑っているのだ。田沼意次は一部の旗本や商人にはかなりの利益をもたらした。その代わり枠《わく》からはみ出た下級の旗本はより一層苦しくなったのである。

そういった旗本が犯罪に手を染めたのではないかと思われた。見逃すわけにはいかないが、大っぴらに罪に問うには「幕府の落ち度」という気持ちがある。

だから殺すことによって周りに累《るい》が及ばないようにという仏心もあった。

「当たりはついているんでしょうか」

「まだだよ、いくらなんでも一日や二日ではわからないさ」

言いながらも、龍也は自信ありげな表情になる。

「でもそんな時間はかからないよ。ちょいとした伝手《つて》を頼んであるからね」

「新しい伝手でもできたんですか」

「吉原の白襟《しろえり》にちょっと貸しができたのさ」

白襟というのは、吉原芸者のことである。芸者は吉原の芸者しか白い襟を許されない。深川の龍也は白襟ではない。深川鼠《ねず》という色の襟で座敷に出ている。どうしても格落ちするという劣等感は否めないだろう。

反面、吉原の外で芸を売れるという誇りもあった。

芸者の意地というのはなんとなくわかる。だから吉原の人間と手を組むからにはなにか心境の変化でもあったのだろう。

「人間いろいろと心境は変わるわよね」

「あんたが恋するくらいだからね」

龍也はそう言ってからふと思いついたように言った。

「相手はどうなんだい？　恋してるのはあんただけなのかい？」

「要さんがわたくしをどう思っているかですか？」

「そうだよ。夜の生活はあるんだろう」

「ええ。たしかに抱かれてはいますが」

それは単純に妻だから、なのかもしれない。要としてはいつでも月を捨ててもよい気持ちであって、月だけがやきもきしているというのはありそうだ。

「もし、要さんがわたくしをなんとも思っていないなら」

月は両の拳を握りしめた。

「殺るかもしれません」

「殺し屋の悋気《りんき》は物騒だねえ。まあいいさ。簡単な方法があるよ」

「なんですか？」

それには興味がある。要の心を簡単に摑めるならやるに越したことはない。

「男の心は胃袋で摑めっていうだろう」

龍也が絶望的な言葉を口にした。

「料理っていうことですか？」

「ああ。美味しい手料理が一番さ」

要の焼いてくれた鯖を思い出す。そして自分の茹で魚を。

「わたくし、魚がうまく焼けないのです」

「それじゃ魚は出さないのかい？」

「茹でています」

龍也が今度は腹を抱えて笑い出した。

「家の料理でお伊勢焼きかい。そいつは旦那がかわいそうだ」

本気で楽しそうである。

もちろん料理ができない月が悪いのだが、なんだか殺意が湧いてくる。

「ちょっと殺してもいいかしら？」

龍也に声をかける。

「いやいや、こんなことで殺さないでくれよ。魚の焼き方を教えてあげるからさ」

「焦げてしまうのです」

「うん。明日から焦げない」

どうやら龍也はいい方法を知っているらしい。

「どうやるのですか？」

「地息《じいき》で焼くんだよ」

そういうと、龍也は説明してくれた。七輪はたしかに便利だが、焦げやすい。そこで地面に溝を掘って、炭を熾《おこ》して焼くといいのだそうだ。

地面には自然な水分があって、魚が焦げないように息をしてくれる。だから安心して焼けるというわけだ。

「生焼けはどうするのですか？」

「竹串を刺してみて、串が温かかったらもう大丈夫だ」

「ええ」

龍也の言葉に道が開けたようだった。

あとはどうやって要から「好き」という言葉を引き出すかである。

そんなことを考えていると、表に人の気配がした。

「手紙屋だよ」

龍也が言う。

玄関まで行って手紙を受け取った。手紙屋に心づけを渡して戻ってくる。それからおもむろに手紙を広げた。

「けっこうな大物が後ろにいるね」

「誰ですか？」

「榊原和正《さかきばらかずまさ》。目付の一人だ」

目付というのはたしかに厄介だ。奉行所を監視する役目でもある。今回不意に旗本の死が表に出たのが目付の意向なら、「ここで手打ちにしろ」という意味かもしれない。

だとすると久通にも圧力がかかっているかもしれなかった。

「父のところにも顔を出してきます」

「そうだね。それと今度座敷に上がってもらうよ」

「わかりました」

月は頷く。

芸者は遊女とは違って体は売らない。遊女の職業への横槍になるからだ。だから座敷はごく上品なものと相場は決まっていた。

龍也にはなにか考えがあるのだろう。

龍也の家を辞して奉行所に向かう。

父の久通の役宅は奉行所の中にあるからだ。北町奉行所は鍛冶《かじ》橋を渡ってしばらく行くとある。深川からは船が便利だが、月はいつも歩いていた。

女が一人で船に乗るのはそれなりに目立つからだ。なるべく人に顔を憶《おぼ》えられたくない。

目に入ったとしてもごく平凡なおかみさんとして見られたかった。

服にしてもいつも地味な紺色の留袖《とめそで》である。もしかしたらこういう地味なところも要には物足りないのかもしれない。

途中で古着でも見ていくべきだろうか。久通のところに行くのが半刻《とき》送れたところでどうということはない。

富沢町《とみざわちょう》に寄って古着を見てからでも充分時間はある。しかしなんだかんだ古着屋が多いので、どの時刻に行っても豊富に着物はあった。

要が家に戻ってきたときに少しは目を引く着物を買おうと思った。いまの時期はやや冷えてもくるから、ぜんまい織のいいのがあったら欲しかった。

そう思いながら歩を進めていると、前方に要が歩いているのを見つけた。小者の吾郎も一緒である。

役目中に声をかけるのもはばかられる。

別の通りに向かおうとして、月はふと違和感を覚えた。

要の隣を女が歩いている。

それもたまたま近くを通っているわけではない。あきらかに要と知り合いで会話をしているようだった。

身なりからすると町人である。親しげに要に笑いかけている。

歩いているのだから、すぐ近くの店の女ではないだろう。どのような関係なのか気になる。

武家と町人は結婚はできないが、男女の関係になることはできる。もしかしたら月との結婚が形だけで、本命は彼女なのかもしれない。

めらめらと悋気が湧きあがってくるのを押しとどめる。

どんなときでも冷静でいるから殺し屋として生きてこられたのだ。これしきのことで感情を波立たせてはいけない。

いっそ声をかけるか。すぐに片付くことだ。

思ったがまるで勇気が出ない。

あきらめて父の久通のところに向かうことにした。

明日吾郎にそれとなく聞いてみようと決める。

奉行所に入って父親のもとに向かう。

久通は難しい表情で茶を飲んでいた。どうも気に入らないことが起こっているらしい。

「珍しく不機嫌そうな様子を見せるな」

久通が驚いたような顔をした。

「気のせいでございます」

平静を装って返したが、心の中は穏やかではない。

「結婚してから少し変わったな」

「そうですか？」

「何と言うか人間味が出てきたような気がする」

「褒《ほ》められてはいないですよね」

殺し屋に対して人間味というのは褒め言葉ではない。刀に向かって切れ味が落ちたというようなものだ。

「褒めておるのだ。うがった見方はしなくても良い。これでも父親だからな。お前の幸せを願っていないわけではないぞ」

人殺しの道具として育てたわりには情があるらしい。結婚してから初めて知ったことの一つであった。

「ありがとうございます。ところで、少々面倒な相手を殺すことになるのですね」

父親の言葉を軽く受け流すと月は本題に入った。

「そうだな、この間殺した相手は抜け殻《がら》のようなものだった」

久通が頷く。

「本命は別にいる。しかし田沼殿も面倒な置き土産《みやげ》を残されたものだ」

久通はどちらかというと田沼を評価していた方である。田沼意次の残した功績はかなり大きいと言えるからだ。

田沼の恩恵に与《あずか》れなかった連中が犯罪に走るのを予想しろという方が無理だろう。

「田沼が失脚したからと言って、冷遇されていた連中が皆厚遇されるわけではないからな。やさぐれておるのよ」

「人間というのは仕方のないものです」

月は答えると、改めて久通を見た。

「今回は父上が動けないのではないですか」

「そうだな、少し面倒くさい。しかし殺さないというわけにはいかない相手だろう」

「やはり目付ですか」

「もう調べたのか。感心だな。おそらくそうだと思うがまだ確証はない。確証を摑んだ上でそいつに後ろ盾がいないことを確認するまで動きようがないだろう」

「前回の盗賊は無事に捕まったのでしょうか」

「全員処分した。旗本の家には累が及ばないように揉み消された。盗賊どもは下手人《げしゅにん》として処分されたよ」

下手人、牢屋の庭で殺されることである。引き回しのような派手な殺され方ではなくひっそりと死刑になるやり方だ。

これが定着して死刑になる犯人のことを下手人という。軽い犯罪者の場合はそういった呼び方にはならない。

死刑にしたというよりも口を封じたという方が正しいだろう。

「父上がお命じになったのですか」

「まさか。南町に何もかも持っていかれたよ」

久通が苦笑した。

南北両奉行所とは言うが、南町と北町では発言力が違う。奉行所の敷地も南町の方が広い。金も南町の方が持っている。

だから南町から横槍を入れられると、手の出しようがないとも言えた。

「南町奉行が抱き込まれているのですか？」

「それはあるまい」

久通は即座に首を横に振った。

「あの男を抱き込むなど、わしを抱き込むほうがまだ現実的だ」

「そんなに堅いのですか」

「おうよ。幕閣の不正でも大喜びで暴くような男だ。だから揉み消すなどということはそうそう考えられない。ただ道理をわかっている男だから、それ以上のいいことがあれば取引に応じるかもしれぬな」

「いいこと?」

「大きな不正を暴けるようなことだな」

旗本による犯罪を減らせるならあるいは、というところか。

「わたくしはどのように動けばよいのでしょう」

「しばらくは婿《むこ》殿の様子を見張っておれ。彼が当たる事件が黒幕の糸口になるだろう。最終的な黒幕が誰であるにせよ、その手前は何人もおるだろうからな」

「わかりました」

「つけてもよいがわからぬようにな」

「はい」

要をつけるのはどうなのだろう。相手も同心だ。気配には敏感な気がした。月は気配を悟られぬ訓練を受けてはいるが、ばれると厄介そうだった。

いや。

月はあらためて思った。

つけよう。

吾郎にうかつなことを聞いて悋気を疑われるのは恥ずかしい。自分の手ではっきりとした証拠を摑みたい。

そして自分の結婚が仮初《かりそ》めのものだったら泣こう。

そう心に決めたのであった。


二日後の朝。

月は家で鯖を焼いていた。

龍也に言われた通り庭の地面を掘って炭を入れ、焼いてみた。七輪よりもこちらのほうが月には合っているらしい。

要は素振りをしながらその様子を見ているようだった。

竹串を刺してみるとうまく焼けたような温度だ。

鯖を皿に盛ると、冷めないうちに台所に戻る。

用意した大根おろしに茄子《なす》の漬物、そして辛子、さらには納豆を準備する。飯も今日はうまく炊けたようだ。味噌汁は蕪《かぶ》で作ってあった。

まるでいい妻のようだ。

我ながら満足する。

「今日は豪勢な感じがするな」

要が素振りから戻ってきて、楽しそうに言った。

「うまく魚が焼けました」

月も嬉しさを覚えつつ言う。

「うん。うまそうだ」

要が奥の部屋に向かう。

「月も一緒に食べよう」

「いいのですか？」

「飯を一人で食ってもうまくないだろう」

そう言って奥に入っていった。

夫婦で一緒に食事をするのは町人の習慣で、同心にはない。夫の食事の間は給仕をして、夫が出掛けたあとに自分の食事をする。

おかずも夫に比べたら粗末なものを食べるのが普通だ。

だから鯖も要の分しかない。

いままでそうだったのに、なぜ突然一緒に食べることにしたのだろう。

疑問に思いながらも二人分の食事を運ぶ。

月の食事は鯖がなくて、かわりに味噌に大根の葉を混ぜ込んだものがある。

「お前には鯖はないのか？」

「贅沢《ぜいたく》ですから」

そう言うと、要は鯖を箸で半分に割った。

「気が回らなくてすまなかった。今度から魚も二人分焼くがいい」

なにが起こったのだろう。

月は考え込んだ。気を使ったことがないのに突然優しくなるというのはなにか裏があるのかもしれない。

しかし単純に優しくされているのなら嬉しい。

なんにせよ要と二人で食事をするのは幸せだった。

幸せ、なのだろうかと思う。要と会うときまで知らなかった感情だ。意味もなく笑いたくなったり、心が温かくなったりする。

嫌いではない感覚だった。

食べ終わって要が吾郎と出掛けると、月は庭に出て長屋のおかみさんたちに声をかけてみることにした。

庭に出ると、盆栽をいじっている梅がいた。

「梅さん」

「なんだい」

「夫が突然優しくなるってどういうことだと思いますか？」

「どうしたんだい？」

梅に今朝のことを語ると、梅は少々気の毒そうな表情になった。

「浮気だね」

断言する。

「たまたま優しくなったということはないでしょうか」

「どうだろう。でもやましいことがあるんだよ。まあ、女なら誰でも経験することだけどね」

やはり浮気なのか。

月は気が遠くなるような気がした。

あとをつけよう。

きっぱりと決意すると、身支度を整えることにしたのであった。

そのころ。

要のほうはきびきびと歩きながら、吾郎に今朝のことを語っていた。

「いままで、魚が俺の分しかなかったことにも気がつかなかった。気のきかない夫で妻には申し訳ないな」

「武家は一緒に食事をしませんから、仕方ないですよ」

「今後少なくとも朝は共に食べようと思う」

「いいことですね。でもなんでそんなこと思ったんですか？」

「その方が仲睦《なかむつ》まじくなるだろう。楓《かえで》に聞いた」

「ご新造さんに気に入られたいんですか？」

吾郎の問いに、要は真顔で吾郎を見た。

「いけないか？」

「いけなくはないですが、もう夫婦なんでしょう？　いまさら初恋みたいなことを言い出すのはどうなんですか？」

「初恋なのだ」

要が答えると、吾郎がなんと答えていいのだろう、という表情になる。

「しかし旦那、夫婦でしょう。いまさら恋もなにもないいんじゃないですか？」

「見合いだからな。相手がどう思っているかわからない」

「暮らしているうちになんとなくうまくいくもんでしょう」

「それでは気持ちがわからないだろう」

要があらためて言う。

「それはあれですか。ご新造さんに惚れられていたいっていうことですか？」

「そうだ」

「旦那が好きならそれでいいんじゃないんですか？」

「片思いはいやなのだ」

そういうと、吾郎はぷっと吹き出した。

「この間も言ってましたが、こだわりますね」

「二人で住んでいるのに嫌われていたら目も当てられないだろう」

「嫌いなら住まないでしょう」

「義理がたい女だからな。父親の顔を潰すような真似はすまい」

「旦那は自分に自信がないんですか？」

「ない」

きっぱりと答える。

「そうですか」

吾郎はしぶしぶ頷いた。

それにしても楓に助言を聞くのはどうなんだろう、と吾郎は思う。楓というのは麦《むぎ》湯《ゆ》売りの女である。同心にとって麦湯売りの女はわりと重要で、さまざまな情報を教えてくれる密偵のようなものだ。

長屋のおかみさんの話などは岡っ引きの管轄だから同心には入ってこない。その意味では麦湯売りは貴重なのである。

問題は「麦湯売りの女の気持ち」である。麦湯は看板娘の器量で売り上げが変わる。だから美人が多いのだが、その分男にからまれることも多い。「同心の女」という立場を手に入れるとものすごく助かるのである。

ただ同心もたちの悪い連中はいるのでうかつに女にはなれない。その点要は安全な男だから、麦湯売りにはけっこう狙われている。

いままで無事だったのは、要がまったくそれに気づかなかったからである。

今回月に恋をしたことで、楓が要に近づく口実を与えてしまったようなものだ。楓からすれば結婚したいわけでもない。「同心の女」であればいいだけだ。

ひっかからなければいいが、と吾郎は思う。あまり口出しするのは小者としての仁義に反するので祈るばかりだった。

「今日も楓の店に行くんですかい」

「おお。いろいろ聞かねばな」

「事件はどうするんですか？」

「もちろん調べるさ」

「どうやって？」

「団子《だんご》を食べてな」

要が当然のように言う。

要はぼんくらではない。それなりの方針はあるのだろう。吾郎は日常のことには強いが事件のこととなるとまるでわからない。

「団子はいいですね」

吾郎は笑顔で答えた。

「うむ」

吾郎に頷いてみせて、要は事件と麦湯に関して吾郎が全く理解していないことがわかった。

まあ。無理もない、と思う。

麦湯というのは少し特別な店なのである。たとえば蕎麦《そば》屋で武家と町人が同じ仲間として蕎麦を食べたら目立ってしまう。

しかし麦湯だけは、武家と町人が並んで座っていても目立たない。本格的な話はどこかを借りてするにしても、簡単なつなぎは麦湯の店を使っているだろう。

武家と町人があわさって盗賊をするなら、鍵は麦湯の店だと踏んでいた。だから楓と親しくしているのである。

麦湯売りの女にも独自の情報網はあるからだ。幸い楓は好意的で、月のことも相談に乗ってくれている。

今度二人で飲もうとも誘われていた。

深い情報が取れる予感がしていた。

吾郎と二人で楓の店に行く。

「いらっしゃい」

楓が笑顔で迎えてくれる。楓の店は日本橋の新和泉町《しんいずみちょう》にある。麦湯と団子しかない簡素な店で、店の前に樽を置いてあるだけだ。

それでも客は途絶えることはない。

江戸はそこら中に麦湯の店があるから、生き残るのもなかなか大変である。

「団子と麦湯を二人分」

要は注文してから辺りを見回した。

怪しい気配はない。

楓がすぐに団子と麦湯を持ってきた。

「うちは団子の評判で持ってますからね」

くすりと笑う。

楓の店には甘い団子もあるが、薬研堀《やげんぼり》を練り込んだ味噌が塗ってあるものも人気である。辛い団子というやつだ。麦湯だけではなく酒とも合うから、酒を飲む客も多かった。

「どうだ？」

声をかける。

「いましたよ」

楓が頷いた。

「いたか」

「ええ。はっきり憶えてます」

要が探していたのは、不自然に左足を踏み出す町人であった。旗本はいつも腰に刀を差している。だから町人に化けると体の動きが不自然になる。

旗本のままではなく町人に扮《ふん》して麦湯の店に来るのではないかと思ったのだ。町人の姿なら蕎麦屋などでもよさそうだが、安心感のある麦湯の店を選びそうだと思っていた。

うまくいったな。

手ごたえを感じて少し心が浮き立った。

そのとき、ふっと誰かの視線を感じた。

辺りを見回したが気のせいのようだ。

楓にあらためて声をかける。

「詳しく聞かせてくれ」

「こんなところではいやですよ。二人でゆっくりと」

楓が笑顔になる。

たしかに楓にとっては危険を伴う話ではある。二人きりのほうがいいだろう。

「わかった」

要は大きく頷いた。思わず笑顔になる。これで盗賊の糸口が摑めそうだった。

そしてその様子を、月は陰から眺めていた。

あやめと二人である。なにかのときのために二人で来ていた。

「こんなことのために遠眼鏡《とおめがね》を使うんですか」

あやめが呆《あき》れたような声を出した。

「こんなことに使わなくてなにに使うのです」

月が答える。

「殺しの相手の下見なんかでしょう。夫を見張るのに使うっていうのは無駄遣いじゃないんでしょうか」

あやめはなかなか辛辣《しんらつ》である。まだ十四歳ながら、女としては月よりもよほど優秀だといえた。

「もしかしたら相手は盗賊の手先かもしれないでしょう」

月が思わず言った。

「そういう願望は冷静さからは遠いものです」

あやめが言う。

「でも気になるのよ」

言いながら観察する。要の表情を見るかぎり、相手になんの感情も抱いていないようだった。役目上でなにか聞きたい以上のことはないだろう。

問題は女だ。

あきらかに要の歓心を買おうとしている。それが恋なのかは知らないが、距離を詰めようとしているのは間違いない。

「深い関係を狙っているわ」

「そうですか。それは問題ですね」

「勘違いとは言わないの？」

「そこは勘違いしないでしょう。月様は優秀な殺し屋ですからね」

あやめは疑いのない声を出した。

「すると女の目的は気になりますね」

「要さんはいい男だから」

月が言うとあやめが吹き出した。

「それは欲目です。あの旦那に恋するなんて月様くらいなものですよ。でも隠密同心ですからね、利用価値はあるでしょう。そうするとたしかに気になります」

「いま当てこすりを言われた？」

「なんですか？」

あやめが真顔で返す。どうやら本気で思っているらしい。要のよさを理解するには人生経験が足りないのかもしれない。

いずれにしても彼女がなんらかの目的で要に笑顔を向けているのは間違いなかった。

「あれは麦湯売りの女ですね。楓って言ったと思います」

あやめが遠眼鏡を覗《のぞ》くと言った。

「よく知ってるわね」

「そりゃ知ってますよ。有名ですから」

「どこで有名なの？」

「麦湯界隈《かいわい》です」

そんな界隈があるのか、と思ったが、どんな仕事でも同業や近い職でのつながりはあるものだ。あやめも名を知っているなら相当な有名人なのだろう。

「どんな風に有名なの？」

まさか悪名ではないだろう。悪名を願うのは悋気がすぎる。そもそも要が親しく話しているのだからある方向においてはできる女なのだろう。

「客あしらいもいいし下の子の面倒見もいい。ただ男になびかないんで言い寄る男を追い払うのに苦労しているようです」

「そこで要さんを盾にしたいのね」

「そうですね。本妻は無理なので妾《めかけ》になりたいというところでしょう」

それからあやめは遠慮がちに言った。

「月様の邪魔をする気はないと思いますよ」

「邪魔をする気はないというのはどういうことですか?」

「本妻になる気はないってことですよ」

あやめの言うこともわかる。妾を持つのは珍しいことではない。そのくらいはどっしりと構えろということなのだろう。

殺し屋としての月なら、気にするようなことはない、と思える。要の興味がほかの女に行くなら仕事もしやすいというものだ。

しかし女としての月は違う。

なんといっても月は妻としては不甲斐ないのだ。要は楓という女のほうを好きになってしまうかもしれない。

それはとても耐えられそうになかった。

「殺しちゃ駄目《だめ》ですよ。仕事以外は単なる殺人ですからね」

あやめが真顔で言う。

「しませんよ。殺気でも出ていましたか？」

「出てました。悋気でとめてあげてください。殺意じゃなくて悋気」

「悋気と殺意の違いはなんでしょう」

月には同じに思える。

「どちらにしても、今回同じ事件につながるかもしれません。楓は要様には重要な情報源ではないかと思いますよ」

「料理は上手なのですか。麦湯売り」

月は思わずあやめに訊く。

「つまらないことを言うのはやめてください。あの要様はどう見ても月様が好きですから。もっと自分に自信を持って。それよりも楓の持ってる情報を調べましょう」

「帰ってきたら別れるって言われないかしら」

「言われたら殺しましょうよ」

あやめに言われて少し落ち着く。

こんなことで感情的になっても仕方ない。いまは殺しの手がかりをうまく作らないといけない。

殺し屋というのは、依頼主がいて、標的がいて成立するものだ。標的がわからなければ殺しようがない。

言ってしまえば殺し屋は手の先みたいなもので、頭脳ではない。だから標的を自分で捜すようなことには慣れていないのだ。

「標的のわからない殺しというのは初めてね」

「まあ。でも一つの手がかりにはなるでしょう、楓は」

あやめが言う。

「いずれにしてもくろもじの旦那と話しましょうよ」

「くろもじ屋か」

月もだいぶ気持ちが落ち着いてきた。

くろもじ屋菊左衛門《きくざえもん》。月に殺しを頼んでくるのは基本的に彼である。江戸の市井《しせい》にも精通している頼りになる男だ。

普段なら最初に相談するのに要をつけたのは、月が浮足立っていたからだろう。

「そうね。そうする」

月はくろもじ屋に足を延ばすことにした。

くろもじ屋は日本橋の室町《むろまち》にある。室町は小間物《こまもの》問屋の多い町で、その中にくろもじ屋もあった。その名の通り楊枝《ようじ》を扱う店だ。

室町は鰹節《かつおぶし》や干物《ひもの》の匂いと下駄《げた》や墨《すみ》の匂いが混ざった町だ。慣れないと戸惑うが慣れると落ち着く匂いである。

くろもじ屋は割と立派な店構えである。江戸っ子の生活に楊枝は欠かせない。爪楊枝も房楊枝《ふさ》も毎日使うものだ。材料はくろもじの木が一番と言われているから「くろもじ屋」を屋号にしていた。

月は家事はほぼなにもできないが、くろもじを削って楊枝にすることだけはうまい。なのでくろもじ屋に楊枝を納めて小遣いにしていた。

「これはいらっしゃい」

店に入るなり手代《てだい》の高七《たかしち》が声をかけてきた。歳は二十歳になったばかり。目端《めはし》がきいてそろばんもうまい。

そして口も堅い。

「旦那様なら奥にいらっしゃいます」

月の仕事のことも知っている。頼りになる手代であった。

案内されて奥に行くと、主人の菊左衛門が難しい顔で手紙を読んでいた。月を見ると少し笑顔になった。

菊左衛門は完全に笑うということはない。笑うとしても「少し笑う」という感じでいつも仏頂面《ぶっちょうづら》である。

「ようこそお越しくださいました。使いを出そうかと思っていたところです」

「前回のことかしら」

「まったく面目《めんぼく》ない」

菊左衛門が頭を下げる。

「間違いでもなかったのでしょう？」

「もちろん。頭目ですしね、悪い奴でした。しかしこれは子供の方だったのでね。こちらの落ち度とも言える」

「親はわかっているのでしょう？」

「親に見える男はいますね」

菊左衛門が大きく頷いた。

見える、というのはそいつも黒幕ではないということだろうか。

「ずいぶん自信がないのね」

「相手が田沼様の残り香となると一筋縄ではいきません」

言いながらも田沼意次に悪い印象はなさそうだった。

田沼意次というのは不思議な人物で、「田沼はけしからん」という人間は多いが噂だけで嫌いになることはあっても、会ったことがあると悪印象はない人ばかりである。月は会ったことはないがさぞかし魅力的なのだろう。

しかし田沼の眷属ともいえる取り巻きには単なる悪人が多いらしい。

今回はその中の一人が親玉ということだ。

「身を隠すのがうまいのですね」

月が言うと、菊左衛門は小さく頷いた。

「そういうことには長《た》けているでしょう」

「そうだとすると殺しの依頼人は誰なのですか」

依頼人がいないと殺し屋は成り立たないからだ。

「いまは言えませぬ。終われば教えましょう」

「わかりました」

依頼人が誰かは殺し屋には関係ない。だから詮索《せんさく》はしないことにした。

「しかし殺す相手は知らないと殺せませぬ」

「それはそのうちわかりましょう。あなたの夫が突き止めるはずです。彼は有能な隠密同心ですからな」

「ありがとうございます」

思わず礼を言う。要のことを褒められるのは嬉しかった。

「夫を褒められるのは嬉しいですか？」

「もちろんです。夫ですから」

「少し変わりましたね」

菊左衛門がやや温かい声になった。

「幸せそうな顔をしている」

「自分ではわかりません」

「それでいいのです」

幸せ。月には正直よくわからない。幸せというのは言葉では知っていても、実際にどんなものなのか触れたことはないからだ。

柳生においては「強くなる」ことが一番だ。幸せとか不幸は強いとは無関係なので人生にも関係ないとされてきた。

だからよくわからない。

ただいまは、いくら強くても飯は上手に炊けないというのが身に染みている。あらゆることの飲み込みがいいと言われ続けた月だが、家事は駄目であった。

あやめが、菊左衛門にはっきり言う。

「こちらでも少し調べていいですか？」

「かまわないがなぜだ？」

菊左衛門があやめに向き直る。たしかに殺し屋が自分で事件を調べるというのは不自然なことではある。

「旗本が町人と手を組んで盗賊、というのがなんだかもやもやします」

それからあらためて言う。

「絵図を描いてる人間がいそうです。そうでないと旗本と町人が仲良くなるというのが考えられませんから」

「たしかにそうかもしれないな」

菊左衛門が右手を顎《あご》にあてた。

「お互い好きあっているわけではないからな」

武士と町人がわかりあうのはなかなか難しい。町人からすると、武士は威張る以外になにをしているのかわからない。

与力《よりき》や同心は治安を守ってはいるが、町人の味方とも言い難い。それ以外の武士となると本当になにをしているのか不明なのだ。

武士のほうも、町人と接する機会はあまりない。大半の武士は金もないから町人の店に顔を出したりもしない。

だからお互いよくわからない相手という感じなのである。

そもそも武士は刀を抜いて人を殺すことができる。子供のころから剣術を習っているので、町人とはまるで違う。

いつも腰に武器を持っている生活は町人にはわからないものだ。実際に使う人間はほぼいないにしても、使うことができるのだから人殺しの素地《そじ》があるともいえる。

月は武家だしそもそも殺し屋だから感じないが、武士はかなりおっかない印象を持たれているに違いない。

まして盗賊ともなると、仕事のあと斬《き》られてしまうのではないか、と疑いを抱くのは当たり前である。

だから簡単には徒党《ととう》を組めないだろう。

黒幕がいる。そしてそいつが悪い奴に違いない。

といっても「悪いから」殺すということは月にはない。どんなに悪い相手でも依頼がなければ月には関係ない人間だ。

しかしもし要に手出しをするようなら、妻として殺すかもしれない。

「今回の標的は、絵図を描いている人間になりそうですか?」

「おそらくはな。まあ、ついでにいま黒幕に見えている人間も殺すことになるだろう」

「一人でも二人でも大差はありません」

そう答えてから、あらためて楓のことを考えた。武士のことも町人のことも浪人のことも知ることができるのが麦湯売りのいいところだろう。

だから要には有用な人材といえる。事件を自分で調べることのない月には役立たない人間ではあるが。

月は菊左衛門の方をあらためて見た。

「しばらくは待つことになりますか?」

「そうですね。くろもじを普段より多く納品していただけると助かります」

「わかりました」

菊左衛門のほうでもいろいろ調べるということだろう。

「では今日のところはおいとまします」

月は立ち上がった。あやめも一緒である。

店を出ると、あやめが当然という様子で月を見た。

「団子を食べに行きましょう。月様」

楓のいる麦湯の店は新和泉町の人形町《にんぎょうちょう》通り沿いにあった。ここで繁盛するのはなかなかの器量といえるだろう。

人形町通りはその名の通り人形も売っているが、下駄のいいものもあるし、鼈甲《べっこう》や化粧品を扱う店も多い。

美男美女がよく買い物に来る町である。芸者でも、下駄だけは人形町でなければならないと言う者は多い。

だから多少の美人なだけではここでは商売できないのである。

美貌というよりも愛嬌《あいきょう》があるのかもしれない。

「こんにちは。いい？」

時刻はそろそろ夕方というところである。さまざまな人が入り混じっている中にあやめは臆せず踏み込んでいく。

月は人混みはあまり得意ではない。どこかから刃物が飛んできそうでなんとなく不安になってしまう。

といっても誰かにぶつかるようなこともない。身のこなしはしっかりしているからだ。

麦湯の店の前には男たちが陣取っている。もう酒が入っているらしくて顔の赤い者が多い。

「はい。ちょっと場所をあけてくださいね」

あやめがさくさくと席を作る。といっても店の前にある樽を二人分持ってきただけだ。それまで座っていた男たちは地べたに座り込んだ。

「おう。別嬪《べっぴん》だな。どこかの店の女か？」

一人が不躾に声をかけてきた。

「この人と話したいならば川藤《かわふじ》を通してくださいね」

あやめがにこやかに言う。

川藤というのは柳橋にある料亭で、それなり以上の値段がする。安い女じゃないぞ、というにこやかな威嚇《いかく》である。

「ほらほら。騒がないでおくれ」

不意に一人の女が割って入った。楓である。

「すいませんね。初めましてさんですね」

言いながら笑顔を月に向けてきた。

なるほど、これは人気が出るだろう。月はすぐに納得した。顔が可愛いというような問題ではない。容姿に加え、すごくいい声なのである。

単に綺麗《きれい》という感じではなくて、空気に溶け込むような声である。聴いただけで楓に対する警戒心がなくなる声だった。

「団子と麦湯ね」

あやめが注文した。

「甘いと辛いとどちらにします？」

楓が尋ねてくる。

「二種類あるの？」

「ええ」

「では辛い方で」

「わたしは甘いのを」

あやめが言う。

「わかりました」

楓は素早く店に引っ込んだ。店といっても麦湯の店は屋台である。簡素な店だが客は多い。ただし路上なので雨が降ると商売にはならない。

しばらくして楓が団子を出してきた。

甘いという方は砂糖醤油。辛いという方は味噌に薬研堀を練り込んだものだ。月は辛いものはわりと好きなのでありがたい。

麦湯にもちょうどいい。

「これはあなたが考案したのですか?」

楓に尋ねると嬉しそうに頷く。

「はい。好評でありがたいです」

困った。月は心の中で思う。全く勝ち目を感じない。楓が本気で要を狙ったとしたらどうやって防げばいいのだろう。

月が勝っているのは殺しの腕だけである。

要を取られてしまうのだろうか。

もやもやとしていると、楓の視線を感じた。

「もしかして、月様ですか?」

楓が声をかけてくる。

「なぜ?」

最初に思ったのはそれだった。どうして自分の名前を知っているのだろう。

「やっぱり」

楓は楽しそうにくすくすと笑った。

「お会いできて嬉しいです」

「どうしてわたくしを月だと思ったのですか？」

どこかで姿を見られたのだろうか。しかし月は目立たないように歩いているからそう簡単には憶えられないはずだ。

もしかしてこちら側の仕事の人間なのだろうか。

警戒心が頭をもたげる。もしそうだとしたらこの愛想のよさも頷ける。

しかし月の予想は全然当たっていなかった。

「だって武家でしょう？　こんな時分にお武家さんがここに来るのはおかしいです」

「武家だとわかるのですか？」

言ってから、しまった、と思う。着物に赤い色が入っている。これは町人が身に着けられない色だ。武家に決まっている。

男はともかく女ならすぐにわかるだろう。

「でも武家というだけで名前までわかるものですか？」

あらためて訊く。

楓は楽しそうに笑い出した。

「要様からあなたのことはさんざん聞いていますから」

それから悪戯《いたずら》っぽい笑みを浮かべた。

「月様。相当なやきもち焼きでしょう？」

どうしてわかるのだろう。

「どうでしょう」

月は思わず横を向いた。しかし顔が赤くなるのはとめられない。

「気になってわたしを探りに来たのでは？」

「なにが気になりますか？ やましいところでもあるのですか？」

「そういうところですよ」

また楽しそうに言ってから、楓は真顔になった。

「実は、お願いがあるのです」

「なんでしょう」

「あなたの旦那様の女になりたいのです」

あまりの衝撃で一瞬口がきけなくなる。

まさか堂々と宣言されるとは思わなかった。

「落ち着いてください、月様。これは言葉の罠《わな》です」

わきであやめの声がした。ずいぶんと醒《さ》めた声だ。そう思ったときに我に返った。

たしかに正面から戦いを挑むわけはないだろう。

これは月をからかいつつ、なにか目的があるに違いない。

冷静になると、あらためて楓を見る。

愛嬌を持ちつつもなかなかしたたかなようだ。月にこういう悪戯を仕掛けるというのは月と協力したいということだろう。

「女、というのはどういうことですか？」

「本当にならなくていいんですよ。いや、本当でもかまいませんが。しかし月様としてはいやでしょう？」

「それはもちろん」

答えながら、あやめの予想通り、同心の女としての肩書が欲しいようだ、と思う。

そのことで月と揉めたくはないということだろう。

「肩書だけ、なのですね？　要さんに本気ではないですね？」

念を押す。

「残念ですが本気はあり得ないです。わたしは麦湯売りの女ですからね」

「どういう意味ですか？」

「簡単に男に本気になるようでは務まらない仕事ということです。あなたの旦那様はたいへん魅力的なお役目をお持ちですが、わたしのような女狐《めぎつね》を相手にできるような人ではないです」

「それは……」

「仕事ができないって意味ではないですよ。勘違いしないでくださいね。同心は女の相手をする仕事ではないですから。必要もないし」

たしかにそうだ。同心は江戸を守ってはいるが、女と話す機会は全然ない。そういうのは岡っ引きの役目であって、同心は男の相手しかしないのである。

同心にとって町人の女というのはどうにも勝手が違ってうまく話せないらしい。

「でもわたしには意味があるんですよ。岡っ引きよけが欲しいんです」

「口説かれているの？」

「もちろんですよ。いい女ですから、わたし」

楓が自信たっぷりに言った。

とはいってもいやそうではある。岡っ引きにからみつかれるのは女なら誰でもいやだろう。しかも止める手段はあまりない。腕のいい岡っ引きなら同心も文句は言えないし、子分を連れてこられたら腕っぷしでもかなわない。

しかし「同心の女」なら岡っ引きもそう簡単に手は出せない。武士を本気で怒らせてもいいことはないからだ。

「要さんの女、か」

本当に手を出さないものなのだろうか。案外そう言っておいて、というのはありえなくはない。しかしそうだったら勝ち目がないのだから考える意味はない。

「要さんは楓さんにわたくしの話をしているのよね？」

そう尋ねると、楓はくすりと笑った。

「していますよ」

「どんな話ですか」

「それは内緒です」

飯がまずい、というような話題ならもう死んでしまいたい、と思ったその時、

「おう。繁盛してるな」

少しかすれたようながらがらした声がした。

十手を見えるように手に持っている。

自分ではなく十手の力を借りている小物なのが見え見えだ。

男は月に目を向けるとにやにやした笑いを浮かべた。

「いい女じゃねえか。俺はこの辺りを仕切ってる岡っ引きで、稲造《いなぞう》ってもんだ。今夜の相手に困ってるなら遊んでやるぜ」

女を見るとそれしか考えないのだろうか。

なにも言わずに見返すと、すぐに目をそむけた。

月は楓のほうに目を向ける。威勢はいいが、度胸はない男らしい。

曰《いわ》くありげに頷く楓だが、特になにも言わない。

月も黙って、しばらくここで様子を見ようかと思う。残っていた麦湯を口にする。

水が美味しい。少々頭が痛い。月を見上げると夜中のようだった。どうして家で寝ていたのか全くわからない。

麦湯のあと、酒を二杯飲んだところで記憶が途切れていた。

なにが起きたのか知りたくない気がする。

ただ不思議と気持ちが晴れていた。前までもやもやしていたものがすっきりとしている感じだ。

楓のことを考えてもいやな気持ちにはならない。

とりあえず今日は眠ろう。

そう思ってあらためて眠りに落ちた。

翌朝。

目が覚めると要が台所に立っていた。思ったよりも眠りすぎたらしい。夫よりも遅く起きたうえに台所に立たせるとは。

妻失格である。

「おはよう」

要が笑顔を向けてきた。

「おはようございます」

あわてて床に手をつく。

「そんなにかしこまらなくてよい」

それから要は照れたように横を向いた。

「夫婦なのだからな」

「申し訳ありません」

「酒は初めてだったのか？」

「はい」

記憶がなくなるというのは全く考えてもみなかった。その間なにをしたのかと思うとそら恐ろしい。

「今度から飲むときは俺と二人にしよう」

要が笑顔になる。

つまりなにかやってしまったということだろう。

「わたくしはなにをしたのでしょう」

「なにもしていない。寝ていただけだ」

要があきらかに嘘を言っている。体の雰囲気からして嘘だ。

「それと楓が礼を言っていたぞ」

「ああ。はい」

どうやらどさくさにまぎれてうまく丸め込まれたということだ。

「要さんが妾を囲うという話でしたね」

すべてわかったうえでも悋気がとめられない。

要が声をあげて笑った。

「そう申すな。今度簪《かんざし》を二人で買いに行こうではないか」

「簪ですか？」

「すまぬな。贈り物など思いつきもしない朴念仁《ぼくねんじん》で」

「どうして簪のことを？」

心の中にしまって誰にも言っていないはずだ。

「昨日言っていたではないか」

要が困ったような顔をする。

どうやら心の中の不満をぶちまけたらしい。武家の女としてはしたないにもほどがある。もう酒は飲むまい。

「本当に申し訳ありません」

あらためて頭を下げる。

「よいよい。それよりも食べよう。飲みすぎの翌朝は食べるのがいいのだ」

要は月を居間に座らせると、食事を運んできてくれた。

「食べてから考えるとよい」

要が持ってきたのは薄い粥であった。大きな梅干しが入っている。食べると粥自体に出汁《だし》がきいていて塩味もついている。

食べるだけで内臓が温まって元気になる気がした。

「要さんはなんでもできますね」

「気のせいだ。お前の助けがなければものぐさなものだよ」

それから要は少し顔を赤くした。

「その。俺はな。お前を形だけの妻だと思ったことはないぞ」

「はい」

思わず胸が高鳴る。

これはなんというか、いい雰囲気というやつではないだろうか。

次はどうなるのか。抱きしめられるのかもしれない。

思わず要を見つめた瞬間。

「すいません、旦那。もういいですか」

金星の声がした。

「いま行く」

要の雰囲気ががらりと変わった。

「それはゆっくりと食べるがよい。俺は行く」

いままでの雰囲気がなにもかもなくなって、要はさっと出て行ってしまった。

金星め。

依頼があれば殺してやる。

そう思いながらも粥を食べる。

それからあらためて思った。

自分の片思いではないのかもしれない。

だがそれも一瞬で、金星のことが気になった。あれはかなり緊迫した声だ。なにか事件があったのに違いない。

月は単なる要の妻だから、こういうときにしゃしゃり出るわけにはいかない。あとで誰かに聞いてみることにしよう。

食べ終わったものを片付ける。

あとは掃除でも、と思っていると、玄関に使いがやってきた。くろもじ屋の丁稚《でっち》の足音である。

「こんにちは」

市松《いちまつ》という男だ。いつも使いにやってきてくれる。

「なにかあったのですか？」

「旦那様が急ぎお越しくださいと」

「わかりました」

いま金星がやって来たのと市松が来たのは同じ用件の気がする。そうでないと合わせたような呼吸にはならないだろう。

慌てて市松のあとをついて行った。

くろもじ屋に入って奥の座敷に通る。

菊左衛門が苦虫を嚙《か》みつぶしたような顔で座っていた。

「残念なお知らせがあります」

「なんでしょう」

「黒幕が見つかりません。しかし手先を斬り落とすしかない」

事件は解決しないが、とりあえず殺さなければならないということか。

やはり厄介な相手ということに違いない。

「わかりました。的を教えてください」

「的は三人います。ただしすぐ殺してもらっては困ります。隠密廻り方のあなたの夫が事件を解決できるならそれもよし。取りこぼしたら殺す、という段取りを踏みたいのです」

どうやら要が鍵を握っているらしい。

「はい、それで的は」

「一人は旗本の榊原和正。目付をやっている。この男の四男が盗賊をやっているようだ」

榊原和正。四千石の大身である。とてもそんな犯罪を犯すような立場には見えない。

「大身なのに盗賊をやるのですか」

「大身だからこそですよ。身分通りの体面を保とうとすればどうしても金が足りないのです。時代はもう武家から去っている。田沼様が失脚したいま、武家はますます苦しくなっていくでしょう」

たしかに。要のような貧乏同心にはあまり関係ないが、大身になればなるほど苦しいのかもしれない。

父の柳生久通はなんだかんだで付け届けが多い。そのおかげで裕福だが、そうでなければいつでも懐は苦しいだろう。

犯罪に走ってもいい理由にはならないが、気持ちはわからないでもない。

「息子に手を焼いているというよりも手を組んでいる、という方が正しいでしょう。この親子を殺していただきたい」

「わかりました」

「そしてもう一人。岡っ引きの稲造という男。盗賊の手引きをしているようなのです」

稲造、楓の店でからんできた男だ。

「岡っ引きが盗賊というのはなかなか命がけですね」

岡っ引きは、牢屋に入ると裁きを待たずに死ぬ。私刑で殺されるのである。それだけ憎まれる存在だからだ。

だから「悪どい」ことはしてもすれすれな部分で、牢屋に入るような罪は犯さない。

よほど自信があるのか。頭が悪いのか。両方な気がした。

「誰かが、火盗改めに老中から圧力をかけさせるつもりらしいです」

「誰が?」

「それはわからないですな」

菊左衛門が苦々しそうに言った。どうやらうまく隠れているらしい。

なるほど、と月は思う。いまの町奉行所はたとえ相手が目付であってもそう簡単に圧力に屈することはない。

しかし火盗改めなら別だ。火盗改めは奉行所と違って老中の支配下にある。逮捕はできるが裁判はできない。だから火盗改めが捕まえたあとで老中に手を回せるならうやむやにできるというわけだ。

火盗改め長官の長谷川宣以《はせがわのぶため》はやり手で出世欲が強い。もしかしたらある程度は抱き込めるのかもしれない。

火盗改めは岡っ引きを認めていないから、岡っ引きは火盗改めには近づかない。しかし、火盗改めと手を組めるとなれば、かなりの力をふるうことができるだろう。

稲造の自信のもとらしい。

「稲造も殺してほしいのです」

「喜んで」

月が答える。

それからあらためて考えた。

「要さんはうまく事件にたどりつけますか？」

「そこは安心していいですよ。優秀な隠密廻り方ですから」

月は要の仕事はよく知らない。気にはなるが探るわけにもいかない。

「隠密廻りは少し変わった仕事ですが、その中でも要様は変わっていますよ」

「どういうことですか？」

要は仕事のことは語らないから興味はある。

「隠密廻りというのはその名の通り隠密で、変装して市中を見廻るのが仕事です。だから同心だと知られることもない。しかし要様は堂々と隠密廻りとして歩いているのです」

「それはどうしてですか」

「理由は二つ。隠密廻りは二人いるのですが、要様が目立てばもう一人がより深く闇に潜《もぐ》れること」

それから菊左衛門はにやりと笑った。

「もう一つは、目立つことで情報が集まるのですよ。言ってしまえば生きている目安箱なのです」

なるほど、と月は思う。情報を集めるというだけなら、こっそりではなくて堂々と集めたほうが集まるともいえる。

犯罪の情報を直接奉行所に言うのはなかなか難しいが、隠密同心ということなら少しは言いやすいのだろう。

異色のやり方だが理にはかなっていた。

その情報源の一つが楓なのに違いない。

そして「隠密同心の女」ということであれば楓に言伝《ことづて》を頼む人間も多いだろう。そうなると当然店も繁盛する。言伝だけでなく麦湯も飲んでいくからだ。

いい関係というわけだ。

楓の男よけにもなる。

月としてはそのまま本気にならないか心配ではあるが、きっとそういうことにはならないのだろうと思う。

仕事相手とできてしまうのは面倒も多い。

「では要さんの仕事のことをそれとなく聞きだしておきます」

「お願いします」

今日金星が呼びにきたのは何だったのだろう、と思う。隠密廻りは直接犯人を捕まえることはあまりない。

最後には定廻りか臨時廻りが出てくることが多かった。でなければ火盗改めである。そもそも陰に隠れている隠密が捕り物に出るものではない。

だとするとなんだろう。

どうしても気になった。菊左衛門のもとを辞すると楓の店に向かう。なにか知っていそうだったからである。

楓の店は昼前だというのに繁盛していた。しかしどうも様子が違う。四人の武士が楓に詰め寄っているようだった。

浪人ではない。旗本の子弟という様子だ。

店のそばまでいくと、楓が助けを求めるような表情になった。

「なにかあったのですか」

男たちのあいだに割り込んでいく。こういうことであるなら月に人見知りはない。いざとなったら強いのは月のほうだからだ。

「お主はなんだ」

旗本の一人が月を睨《にら》んだ。

「この人の知り合いです。なんですか、白昼から女にからむとは。武家ならもう少し恥じらいを持ちなさい」

月にはっきりと言われて男たちはたじろいだ。

女に面と向かって意見を言われることなどないだろう。

言い返したいが人目もある、という気配が見てとれた。動揺した匂いが体からする。

「俺たちはただ、尋ねたいことがあっただけだ」

中心と思われる男が一歩前に出た。

「まずは麦湯を頼んでから、礼節を持って対応するべきでしょう」

月に言われると、あきらかに勢いが落ちた。他人にからむのには慣れていないようだ。いきがってはいるが育ちが悪いというわけでもない。

えせごろつきか。

「団子は？　甘いのですか？　辛いのですか？」

月がぴしゃりと言うと全員が甘い方を頼んだ。年齢は二十歳にも満たないだろう。小普請組《こぶしん》にも入れずに暇を持て余している連中のようだ。

麦湯と団子を食べると、中心の男が口火を切った。

「我らの仲間が川で死体になりました。それでここの楓殿がなにか知っているのかと思ったのです」

楓殿、というあたりは育ちの良さだろう。

「死体になった心当たりはあるのですか？」

なんの理由もなく死体にはならない。盗賊に加担でもしていたのではないだろうか。

「盗賊にならないかと誘われていたのですが、断ったのです。見せしめではないかと思っています」

「見せしめとは、誰に対してですか」

「我々です。実は浪人や旗本の子弟を狙った闇仕事というものがあって」

それから男は楓を見た。

「楓殿がつなぎをしているのではないかと思ったのです」

「わたし？」

楓が驚いたような声をあげた。どうも心当たりはないようだ。

「麦湯の女がつなぎをしているらしいです」

男が言った。

「まあ、そういうのには向いてるからね。わたしたちは」

楓が頷く。

「怪しむのも無理はないけど、どうしてわたしなんだい？」

「稲造親分が目をかけてるのは貴女《あなた》でしょう？」

男に言われて、楓が笑いだす。

「口説かれてたけど目はかけられてないですよ」

それから楓は真面目な顔になった。

「そのことはもう口にしないほうがいい。亡くなった方には残念だけど、首を突っ込むと川に浮かびますよ」

　楓に言われて、男たちはまずいことに近づきつつあったことに気がついたらしい。

あとは無言で団子を食べて帰って行った。

「ありがとうございます」

　楓が頭を下げてきた。

「いいのよ。相手は子供だし」

　いいながら、犯人には少なくとも稲造がからんでいるのだろうと思う。要は朝なにを摑んで出て行ったのだろう。

　今日のところは考えても仕方がない。

　それにしても闇仕事とは。捕まったら死罪だというのに。金が欲しいという気持ちは恐ろしい。

　旗本もだが、浪人にとってはありがたい話に見えるのだろう。浪人は武士と町人の中間なので、できる仕事に制限がある。

　行商のような仕事につくことはできない。せいぜいが寺子屋の師匠か用心棒。でなければ傘張りなどの内職だけである。

　腕が良ければそれなりの金になるが、そうでなければ金はできない。

弱みにつけ込んで盗賊の仲間などに誘っているのだろう。殺された男は知りすぎたというわけだ。

元締めがどのような男かはわからないが、そいつが一連の事件の黒幕に違いない。

いずれにしても父親の久通にも伝えておこう。

楓のもとを辞した月は、まっすぐに奉行所に向かう。昼間の奉行所は事務方しかいないので比較的人は少ない。

奉行はたいてい部屋で仕事をしていて、来客もあまりない。

だからすぐに目通りがかなった。

「この時間とは珍しいな」

久通が表情を変えないまま言う。この人は自分を愛したことがあるのだろうか、と疑問に思うほど温度が低い。

といっても実は愛情表現が下手なだけかもしれない、と最近は思っているが。

「お話があります」

そう言うと、楓から聞いた闇仕事のことを話す。

久通は、やはり表情を変えないまま頷いた。

「噂は聞いているが、つなぎは麦湯の女なのか」

それからあらためて納得したように頷く。

「花川戸からの報告とも合致するな」

「要さんはなんと？」

「うむ。前々からな。旗本や浪人の盗賊は誰かに雇われている気がすると報告してきているのだ」

「今朝人が殺されたようですね」

「その報告はまだだ。いずれにしても絵を描いている奴は今回は逃げ延びるだろう」

久通が淡々と言う。

「だがまずは被害をとどめないとな。お前にも働いてもらう」

「はい」

それは望むところである。

「要さんの手柄の邪魔にはなりませんか？」

「夫の手柄など気になるのか？」

「それはもちろんです」

月が言うと、久通は少し表情を動かした。

「隠密廻りに手柄などない。隠密なのだからな」

「わかりました。邪魔にはならないのですね」

「お前」

久通があらためて訊いた。

「本当に恋女房になったのか？」

「いけませんか？」

「いや、いい。すまんな。余計なことを言った」

それから久通はもとの無表情に戻った。

「くろもじ屋のつなぎを待て」


奉行所を辞すると、今夜はちゃんと料理をしようと思った。酒も出そう。殺し屋として過ごしすぎている。

今夜はきちんと妻でいよう。

お酌《しやく》もしようと心に決める。

ただし自分は飲まない。記憶がなくなるのはよくない。

日本橋まで出ているのだから干物を買って帰ることにする。くろもじ屋のそばにはいい干物の店がある。

萬屋弥兵衛《よろずややへえ》という名で、乾物はなんでも、という店だ。干物も扱っていて、家庭用の小売りも安くしてくれる。

くろもじ屋に出入りする兼ね合いで仲良くなっていた。

鯖を干したものを買うと、家に戻る。

玄関の前に梅が立っていた。

「おかえりなさい」

梅が挨拶する。

「どうなさったんですか？」

「今日は土左衛門《どざえもん》が出て大変だったそうじゃない」

言いながら、梅が風呂敷包みを渡してきた。

「これ。夜食べるといいよ」

包みを開けると中に山芋《やまいも》が入っていた。

「これをすりおろしてさ。少しごま油をたらして飲むと疲れにきくよ」

「ありがとうございます」

月は梅から山芋を受け取り、要を待つことにした。

普段よりもやや遅い時間に要は帰ってきた。

しかし心ここにあらずという様子である。

かなり不本意なことがあったらしい。疲れた表情と汗の匂いがはっきりと語っていた。

言葉をかけるのも申し訳ないような雰囲気がした。

「お燗《かん》をつけますね」

そういうと要は黙って頷いた。

足を洗うとさっさと奥に入る。いつもにこやかな要にしては珍しい仏頂面だ。

鯖を焼き、山芋をすりおろしてごま油をかける。梅干しに沢庵《たくあん》。大根おろし。今日は珍しく飯もうまくいったし、鯖も焼けた。

味噌汁は豆腐《とうふ》である。

まるでしっかりした女房のようだ。そんな日に限って要の心がどこかに行っているとは。思わず稲造を恨む。

間違いなく原因はあの男だからだ。

要は、しばらく黙って酒を飲み、飯を食べた。「月も一緒に」も今日は言わない。

それだけのことがあったのだろう。

「隠密廻りは手を出すな、だそうだ。旗本盗賊の件に関しては」

「そうなのですか？」

「火盗改めが全部仕切るらしい」

そういうと要は酒を呷《あお》った。

「ただし知っていることは報告書にして全部渡せ、だそうだ」

要は怒ったように言う。

「それは構わない。だが、そのせいで罪があるのにお目こぼしになる奴がいることが腹立たしい」

「誰ですか？」

「稲造だよ。岡っ引きの」

「そうですか」

月は要に酌をした。

「でもきっと天罰が下りますよ」

「そうあってほしいものだ」

そういうと要は酒を一息に飲み干した。

もちろん天罰は下る。

月ははっきりと思った。

月が下すからである。

くろもじ屋から連絡が来たのは七日がすぎたあとであった。稲造が江戸を去るというので宴会があるらしい。

出席者は六名。

旗本の榊原とその息子。そして稲造。あとは大身ではないが旗本の面々である。

全員殺してよい、ということであった。

場所は屋形船の上である。安全な宴会場所であった。

芸者として龍也が呼ばれている。妹分として月、そしてあやめが同席という手筈になっていた。船頭もなにもかもこちらの手配である。

誰も生かして帰さない殺し船の出来上がりであった。

「こんばんは。ごめんなさい」

型どおりの挨拶で座敷に入ると、全員が龍也と月を見る。器量の良さには満足したようだった。

「これは別嬪だな」

みなが相好《そうごう》を崩す中で、稲造だけが妙な顔をした。

「お前、どこかで会ったことないか？」

さすがに悶っ引きである。細かいことも憶えているらしい。

今日は船の中だから、月もあまり気を使わなくていい。

「よく憶えておいでですね。稲造親分」

それから月はゆったりと畳に手をついた。

「本日は三途《さんず》の川の渡し舟の船頭を務めます、月と申します」

月が言うと、稲造以外は不思議そうな表情になった。

稲造だけがなにかを悟ったようだった。

「お前、楓の店にいた女だな」

「物覚えがいいんですね」

月は笑顔を稲造に向ける。

「ご褒美《ほうび》に、あなたは最後に殺してあげます」

客たちも気配は察したようだが、座敷に刀は持ち込めない。素手ではどうすることもできそうにない。

榊原が龍也を見た。

「おい、助けてくれ。金ならやる」

だが、龍也は笑顔で首を横に振った。

「今日はお金じゃなくて命が欲しいんです」

「お前にはさんざん金を使ってきたではないか」

「ええ。今日は命まで使っていただいてありがとうございます」

龍也が深々と礼をした。

榊原の首に手裏剣が刺さった。柳生の使う棒手裏剣である。威力も高いし狙いもいい。伊賀《いが》者の手裏剣などより殺す力が高いのが柳生の手裏剣だ。

次々と男たちに刺さっていく。

最後に稲造が残った。

「なんで俺たちを?」

「理由は自分の胸に聞きなさい」

それから月はあらためて稲造に近寄った。稲造は怯《おび》えてしまって反撃することは思いもつかないらしい。

「あなたのせいで、要さんが公然と女を囲うことになったの。もちろん納得してるけど、悋気は収まらない」

月が言うと、稲造はわけがわからないという表情になる。

「お前になんの関係がある」

「わたくしは、要さんの妻だからです」

「妻？　同心の妻がなんで」

「殺し屋ですから。もちろん」

月は言葉を区切った。

「夫には内緒ですが」

稲造が最期になにを思ったのかは月にはわからない。

だがあっさりと死んだ。あっけないほど。

「あ。こいつらの金はもらっておくから」

龍也が嬉しそうに言った。

「芸者よりこっちの方が儲かるね」

「お好きに」

月は答えると稲造の骸《むくろ》を見る。

まさに天罰。

そう思ったのだった。

それから四日後、

「深川に行こう」

要が不意に言った。

「どうしたのですか？」

「簪を買うなら深川がいいと言われたのだ」

楓になにか相談したのだろう。深川は小間物や簪はなかなかいい店がある。芸者がよく使うから、すっきりとした銀簪には定評があった。

「無理して買わなくてもいいのですよ。高いですし」

同心の給金からするといい簪は高価だ。なるべく安いものですませる方が武士らしいともいえた。

「簪の一本くらいよいではないか」

要はなんとなくこだわりがあるらしい。

断るのも無粋だし、ここは要の好意に甘えることにしようと思う。

嬉しくないか、と言えば正直嬉しい。要が月のことを好きでいてくれるのは聞いたが、実感としてはまだ薄いのだ。

簪を買ってくれるのは、月の片思いではない、という証のような気がした。

「では準備しますね」

月は素早く化粧することにした。

なにはともあれ唇に紅を塗る。殺しのときは化粧の匂いを嫌ってなにもつけない。日常でも匂いが体につかないようになるべく化粧は控えていた。

しかし要と二人で出かけるなら、少々匂いがあってもいい。

髪にもしっかりと油を塗る。

そうして厚着になりすぎないように着物を選ぶ。少し寒いが、着物は薄いほうがなんだか格好いいような気がするのだ。

寒々しくならないように赤みの強い地の着物を選んだ。そして風鈴をあしらった柄にする。

寒くなんてないですよ、とあえて季節はずれを選んだ感じである。

いかにも季節という服もいいが、少し時期をはずすのも江戸風である。

要のほうはいつもの黒い服であった。

「少し野暮ったいかな」

要が自分の格好を見ていう。

「男の人は少し野暮ったいくらいがいいですよ」

言ってから、あらためて言い直す。

「わたくしはその方が好きです」

好き、と口に出すと胸がどきどきする。

ずっと血の通わない生活をしていただけに、まだ慣れていない。

「では行くか」

「はい」

よそ行きの下駄を履くと、月は要と並んで外に出た。

妻は夫と並ばないものだが、要はその方が好きらしい。

夫と並んで歩く武家の女は多くはないから、なんとなく目立つような気がした。町人はけっこう並んで歩くから、町人風の夫婦というところだろうか。

要がゆったり歩く。同心の足は早い。普通に歩くと月ではついていけないからだ。殺しのときなら速度で負けるものではないが、日常ではやはり男の足には勝てない。

着物の袖を摑んで離れないようにした。

「そうだな。持っているといい」

要はそういって笑顔を見せる。

なんだか幸せな気持ちになって、一緒に深川に歩いていく。

永代橋《えいたい》を渡ると、静かな八丁堀《はっちょうぼり》から喧噪《けんそう》な深川に空気が変わる。

「かーりんとーうー」

という声が響きはじめる。

どういうわけか深川にはかりん糖売りが多い。何人いるのか知らないが百人くらいてもおかしくない。

それでも商売できるほど売れるのである。

「かりん糖って美味しいのでしょうか」

月が言うと、要は首を横に振った。

「食べたことはないな」

武家からするとややはしたない食べ物である。真面目な要はかりん糖を食べるなど思いつきもしないのだろう。

「隠密廻りですし、ああいうものを食べるのもいいのではないですか」

自分も食べてみたいと思う。そういう怪しげな食べ物は食べないようにしてきたが、要と一緒ならいいかもしれない。

「そうだな」

要は表情を和らげると、かりん糖屋の方に目を向けた。

なにか雰囲気でも出たのか、あっという間に三人のかりん糖屋がやってきた。殺意とは違うが「買意」とでもいうものが出るのだろう。

「うちのをどうぞ」

三人が同時にかりん糖を差し出してきた。

「どこのがうまいのかわからないな」

要が困った表情を見せる。

「うちでさ」

三人とも勢いよく言う。

「全部いただきましょうよ」

せっかくなのだ。全部買ってしまうのも悪くない。食べきれないくらいのかりん糖も楽しそうだった。

「わかった。全部買おう」

要は金を払うと、自分が二袋持って、月に一袋渡した。みんな同じだと思っていたが、どの袋のかりん糖も微妙に違う。

大きいものもあれば小さいものもある。

どうやらそれぞれの味があるようだ。

「これは楽しいですね」

口に入れるとさくりとした感触とともに黒砂糖の甘さが広がる。

「美味しい。くせになりそうな味ですね」

「そうだな」

要も頷く。

行儀悪くかりん糖を食べながら歩く。誰か顔見知りに見られたら恥ずかしい、と思いつつとても楽しい。

行儀悪いのが楽しいというのも初めての経験である。

要が向かっているのは仲町《なかちょう》と言われるあたりだった。富岡《とみおか》八幡宮の近くで、深川の中でも特に繁華な場所である。

夜になると芸者や遊女が活躍する場だが、昼もなかなか騒がしい。

その中に「河内屋《かわちや》忠兵衛《ちゅうべえ》」はあった。笄《こうがい》や簪などを扱う店だ。芸者の間でも有名で、龍也もここで笄などを買っている。

値段的に月は手を出したことはない。要はここで買うつもりなのだろうか。

「ここがいいらしい」

要が胸を張る。

物もいいが値段もいい。

「頼もう」

店の中に入っていく。

「いらっしゃいませ」

すぐに手代が出てきた。

おや、と月は思う。この二人は初見ではない。初見の人間には、少しばかりの警戒心がある。しかし二人は何度も会話している間柄に見えた。

「簪を一本見繕《みつくろ》ってくれ。朴念仁ゆえよくわからないのだ」

要が言うと、手代がすぐに一本の簪を持ってきた。

銀の簪で、金でできた三日月の飾りがついている。

「これなどお似合いかと思います」

いかにも月に似合いそうだった。いきなり出てくるにしては出来過ぎだ。選んだうえで今日なんとなく、という形にしたのだろう。

「いい簪ですね」

「気に入るといいのだが」

要が少々心配そうにする。

「気に入りました」

「ではこれにする」

要が手代にいう。選び抜いた簪なのだろう。

「ありがとうございます」

月が言うと、要はどう言ったものか、という感じで横を向いた。

「妻が美しいのはいいことだ」

要と結婚してよかった。

月はしみじみとそう思ったのだった。

第二話　夫には　殺し屋なのは内緒です

秋から冬に入って季節が進むと、町の音と匂いが変わる。着物が厚くなるから、衣《きぬ》ずれの音がまず違うのだ。

そのうえで魚や野菜も変わるから、あちらこちらで冬の匂いがしてくる。

月は飯も炊けるようになって、魚もなんとか七輪で焼けるようになった。

いい妻に一歩ずつ近寄っている感じがする。

こうなると料理も楽しくなってくるから不思議だ。

殺し屋であることも無事にばれずにやっている。

普通の妻そのものであった。

「月さんは今年の福切《ふくぎ》れはどうするんですか？」

不意に梅に言われて、なんのことかわからない。

「それはなんですか？」

「知らないのかい？」

梅が驚いた顔をする。

「すいません」

「お武家さんには関係ないのかね。霜月《しもつき》の一日から三日は、三井越後屋《みついえちごや》で福切れの売り出しがあるんだよ」

反物《たんもの》から着物を作ったときに出るあまりの布を何枚かあわせて一律一分で売り出す日なのだという。

日本橋の駿河町《するがちょう》はこの三日間は買い物客でいっぱいらしい。

「でも縫物ができません」

月は恥ずかしくなって下を向いた。

「そんなのこっちでやるから。行きましょうよ、楽しいですよ」

そう言われたが、月としては人込みは苦手である。

しかしいつも世話になっている長屋のおかみさんたちと行くなら、たまにはいいかと思い返す。

「では行くことにします」

「じゃあ楽しみにしてますね。あ、これどうぞ」

挨拶すると、梅が手に持った風呂敷包みを渡してきた。中には小さな樽があって、漬物が入っている。

「蕪を漬けたのでどうぞ」

「ありがとうございます」

梅の漬物は美味しい。漬物ばかりは月が何度挑戦してもうまくいかないのである。

「さっそく今朝食べますね」

礼を言うと朝食を作ることにする。

最近は三日に一度だけ要が朝食を作ることになっていた。月としては遠慮したくもあるのだが、要は料理が好きらしい。そして月よりもうまい。

自分の番のときもなるべく頑張ってはいるが、要には遠く及ばない。

鯖を焼き、蕪の漬物と梅干し、そして油揚げの味噌汁を出す。

要のところに運んでいく。

「少し話があるんだ」

要が言う。

「離縁はいやです」

月が言うと、要が目を丸くした。

「なぜ離縁なのだ？」

「夫からのあらたまった話って離縁だと聞きました」

「そういうのは誰から聞くのだ。全く違う」

要に言われてほっとする。長屋のおかみさんがそう言っていたので、そんな話だといやだと思ったのだ。

「二人で出掛けたいのだがいいか」

「もちろんです。どちらにですか？」

「料理茶屋だ。うまいものでも食おう」

要が表情を変えずに言う。

食事の誘いは素直に嬉しい。だが料理茶屋は高い。同心の俸給《ほうきゅう》ではまず行くことができないだろう。

つまりお役目で、上から金が出ているということだ。

もっと安い店でも私用のほうがいいのに、と思いつつ断るつもりはない。

「お役目ですね？」

「よくわかるな」

「うちの給金では難しいかと思います」

「それはそうだな」

要が苦笑した。

もちろん付け届けの具合によっては行けなくもないが。

「実は覗き茶屋を調べたい」

「覗き茶屋？」

月は思わず訊き返した。聞いたことはないがなんとなくいかがわしい店のような気がする。

「湯屋の中が覗けるようになっているのだ。もちろん覗かれているほうは知らない」

それは犯罪なのではないだろうか。もっとも、だから調べるのだろう。

「しかし、女湯を覗くのであれば、女のわたくしと一緒なのはよくないのではないですか？」

「男湯だ。そのほうが人気なのだ」

それはなんというか……それなら女連れのほうがいいのだろう。

「では女性客が多いのですね」

「いや。男の客が多い」

「それなら一緒にお風呂に入ればいいのでは？」

「飲みながら覗きたいらしい」

要がため息をつく。

男の裸が好きな男は江戸には多い。それにしてもそんな商売があるとは。

「女湯でなくてよかったですけど」

もし女湯なら月の心がおだやかではない。

「女湯なら月は連れていかないよ」

要が笑う。

「それに女湯は慣れている」

「慣れている？」

「毎日入っているぞ」

要があっさりと言う。

「女湯ですよ？」

「同心だからな」

同心と女湯になんの関係があるのか月にはわからない。

「同心だとなぜ女湯に入るのですか？」

「ああ。男湯の会話を盗み聞きする意味もあるらしい」

「女湯には女の人が入ってくるのですよね？」

「そうだな。入ってくるな」

月は要と一緒に風呂に入ったことはない。それなのに要は知らない女と毎日風呂に入っているというのだ。

「背中の流し合いをしたりするんですか？」

「なにを言ってるのだ。こんにちはくらい言うがそれだけだ」

それだけというのはどれだけなのだろう。

「どこの湯屋ですか？」

「おかしなことを考えるな。ただの仕事だ」

生家では湯屋ではなくて内風呂だった。いまも月は内風呂である。同心の家には風呂があるからだ。

「ところで料理茶屋はどうする」

要が話題をそらすように言った。

「行きます」

そう答えてから、ふと疑問に思った。

「覗き茶屋を調べてその場で捕まえるのですか？」

「いや。調べるだけだ。あとは定廻りがやるさ」

要は言いつつ、真面目に月を見つめる。

「覗きは俺の仕事ではない。だが、調べておく必要があるのだ。店ではなく客のほうを」

客の中に犯罪者がいるかもしれない、ということのようだ。

「では同心の格好では行かないのですね。なにに化けるのですか？」

「うむ。それが難しい。どう化けたものだろうな」

「夫婦で覗きですからね」

すぐには想像もつかない。しかし月を連れていく理由がなにかあるのだろう。それにしても夫婦で覗きとは趣味が悪い。

そんなことをするのはどんな人物なのか。

料理茶屋に行くからには多少は裕福だろう。それなのにそういう下品な遊びに興じるのは……。

「要さんはお考えはあるのですか？」

月は市井に通じていないから、考えてもよくわからない。

「紅花《べにばな》問屋はどうだろうか。男にも紅を売りたいゆえの視察、といった感じでな」

なるほど。あくまで覗きではなく、覗きに来る客が目当てということか。それなら下品ともいいきれない。

「そうですね。わたくしもいいと思います」

それからあらためて要に問う。

「女湯のことですが。本当に話したりもしないし、なじみの女もいないのですね」

「いない」

要が嘘をついた。それは気配でわかる。しかしやましいことはなさそうだ。月を怒らせるのがいやでついた嘘なのだろう。

「わたくしも行っていいですか？」

「それは駄目だ。他の同心も来るからな。湯屋に行くなら同心の来ない時分に行くといい」

長屋で相談してみよう、と思う。

だがその前に、確かめることがあった。

「着物はどうするのですか。紅花問屋の女将《おかみ》さんが着るような服は持ち合わせていないですよ」

武士の着物は町人に比べると質素である。紅花問屋が身に着けるような服は月にはない。借りるか、それとも買うのか。

「借りるあてはないのか」

「くろもじ屋さんに聞いてみます」

買うというのは現実的ではない。借りるのがいいだろう。貸衣装の店もあるが、よごしてしまうと面倒そうだった。

「それと紅はどうしますか？」

「家にあるだろう」

「家のでは駄目ですよ。紅花屋なのですから」

「なにが駄目なのだ？」

「わたくしの紅だと唇が赤くなるでしょう？　これは紅を少ししか塗らないからなのです。紅花屋のような店のひとなら、たっぷりと紅を使うのでやや笹色《ささ》になるのです」

「ではそのように塗るとよい」

「二両はかかりますよ」

月が言うと、要は渋い顔になった。

「お奉行に相談する」

ではやめる、とは言わないところを見ると、言わないだけでけっこうな事件なのかもしれない。ただの覗きならそんな金はかけないだろう。

そもそも飛び込んでひっくくればいいのだ。

つまり客の中に重要な誰かがいるということだ。しかも表沙汰《おもてざた》にはしたくないというあたりだろう。

普通に考えれば定廻りがやればいい。覗き茶屋などはまさに定廻りの管轄だからだ。隠密廻りはもう少し物騒な事件向きである。

「服といえば、来月の頭に三井越後屋で売り出しというものがあるのです」

「ああ。駿河町のか」

「ご存じなんですか？」

月が尋ねると、要は当たり前のように頷いた。

「隠密廻りをやっていると詳しくなるのだ。月も行くのか？」

「はい。長屋のみなさまに誘われました」

「市井に溶け込むのはいいことだからな。楽しんでくるといい」

「ありがとうございます」

「では行ってくる」

要は小者の吾郎とともに出て行った。

要を送り出したあと、月はくろもじ屋に行くことにした。着物や紅を調えないといけない。殺し屋の仕事の関係上、くろもじ屋の服は数多い。月も変装することは多いのだ。

くろもじ屋につくと、すぐに菊左衛門に事情を説明する。

「紅花問屋ですか」

菊左衛門は頷いたが、やや浮かぬ顔をしている。

「どうしたのですか？」

「いえ。男湯覗きをわざわざ奉行所が探るというのが少し気になるのです」

「やはり不自然ですか」

月があらためて訊いた。

「そうですね。隠密廻りを使うというからには表沙汰にしたくない相手でしょう」

それから腕を組んだ。

「大奥《おおおく》回りやもしれません。お気をつけてください」

「大奥」

月は思わず繰り返した。

大奥は江戸の殺し屋にとっては鬼門である。相手が大きすぎてうかつに手を出せば殺されてしまうからだ。

将軍ですらなかなか手は出せない魔窟《まくつ》といえた。

それだけに利権も大きいから、大奥にからみつく商人も多かった。その接待として男湯を覗くというのはあるのかもしれない。

「気をつけて行ってきます」

「なにかあったらいつでも相談を」

「はい」

月は頭を下げると、くろもじ屋を出た。

まだ時間が早いから楓のところに顔を出してみることにする。龍也の家とも思ったのだが、男湯覗きなどということであれば楓のほうが詳しそうだった。

昼間から繁盛している店の前に行くと、楓のほうから声をかけてきた。

「こんにちは、月さん」

「様」で呼ばれると目立ってしまうから、「月さん」にしてもらっている。

今日は武家らしくない薄い紺色の着物だし不自然ではないだろう。

「こんにちは」

「なにかあったのかい？」

楓が親しげに声をかけてきた。要からもいろいろと聞いているだろうから、安心して話ができる。

男湯覗きの話をすると、楓は大きく頷いた。

「ああ、あれか」

「知っているのですか？」

「店は知らないけどね。あるって話は聞いてる」

「事件にはなっていないのですよね？」

楓は苦笑した。

「女湯が覗かれたってんなら騒ぐ人もいるだろうけどさ。男が風呂を覗かれたからって騒いだりはしないよ」

たしかにそうだ。男の場合はそれこそ、減るものではないというところだろう。

「失礼な話ではありますけどね」

「いやどうだろう。なんせ男湯だからね」

楓はあっさりしたものだ。

「でも多分大工の多い湯屋だろうね」

「なぜですか？」

「大工の体つきが一番上等なんだってさ」

なにが上等なのか月にはわからないが、そういうものなのだろう。

「それよりも一杯どうだい？」

「お酒抜きでお願いします」

そういってから、辺りに少し気を配った。月は岡っ引きではないからなにかの犯人を捜す気はない。ただ、殺気があるかないかくらいは気を配る。

今日のところは平和なものだった。

麦湯を飲んで一息つくと、福切れとはどんなものだろう、とあらためて思う。

そしてあっという間に越後屋に行く日になった。


朝からよく晴れて、霜月だというのにずいぶんいい陽気である。

おかみさんたちは梅と竹美と松であった。全員が上機嫌である。

「お金は持ちましたか？　越後屋は現金払いですからね」

梅が注意してくる。

「はい。それは平気です」

まるで物見遊山《ものみゆさん》だ、と思いながら日本橋まで歩いた。

越後屋は道の両側に絹物問屋と太物《ふともの》問屋があって、絹も木綿《もめん》も扱っている。客はどちらも見物するから通りに人間を詰め込んで羊羹《ようかん》を作っているような感じだ。

身動きもなにもあったものではない。

なんとか人間をかきわけて歩いていく。人波の中に殺気とは言えないが、妙な気配を持った人間がいた。

なにかを狙っている感じだ。掏摸《すり》かもしれない、と思う。いまここを歩いている人間は三井越後屋が目当てだ。現金払いの店だから確実にお金を持っている。掏摸にとってはさぞやりやすいだろう。

しかし福切れを求めている庶民の懐を狙うのは気分が悪い。

月はさりげなく小柄《こづか》を手に持った。もし掏摸が月を狙ってくるなら確実に相手の手を傷つけることができるだろう。

相手が月に近づく気配がする。掏摸は素早いが、月ほどではない。相手の手が懐に伸びてきたところで刃を突き立てる。

みっともない悲鳴が聞こえた。おそらくなにが起こったのかはわからないだろう。確実に手ごたえはあった。

これで安心して買い物ができる。

といってもこの人込みでは月はなす術《すべ》がない。梅たちはうまく店の中で福切れを選んでいる。

さまざまな柄の布が売られていて、着物に仕立てられそうなだけの分量もある。しかしこの布をどうやって着物にするのか、月にはわからない。

みんなで笑いあって布を選ぶ姿を想像していたのだが、どちらかというと興奮している様子である。

月にはこういう買い物の経験はない。しかし目の色変えて布を選ぶ梅たちの姿を見ているのは、なんとなく心がなごんだ。

市井に溶け込むというのはこういうことなのだろう。

ただ、自分で布を選ぶ能力は月にはない。

結局選んでもらって金だけ払った。

店を出ると駿河町を抜け出す。三井越後屋の辺りを離れれば、混んでいるとはいっても一息つける。

「蕎麦屋に行きましょう」

竹美が言った。

「そうだね。お腹がすいた」

松も頷く。

梅がこちらに視線を送ってきた。

「わたくしはかまいません」

竹美がよく行くという本町《ほんちょう》二丁目の松月堂《しょうげつどう》という蕎麦屋に行くことになった。松月堂は有名な店らしくて客も多い。しかしわりとすんなり入ることができた。

「ここはなんたってとろろ蕎麦なんですよ」

竹美が言う。

全員でそれを頼んでから、布の話になった。しかしこの話には月はついていけない。元気なみなの話を聞いているだけである。

町人に比べると武家は元気がない。格式を重んじるから、こうやって楽しく布の話をするようなこともなかった。

月は感情も表情も殺すように育てられたので、梅たちがまぶしく感じられた。

自分は面白みのない女なのだろう、と思う。

「月さんてさ。なんかこう、育ちがいいよね」

松に言われて驚く。

「育ちですか？」

「うん。お姫様って感じがする」

「そんなことはないですよ」

否定したが、三人はそう思っているようだった。

「手も綺麗だしさ。深窓《しんそう》って感じがするじゃないですか」

梅も言う。

そう見えるのか、と思う。血にまみれたこの手でも、こうやって溶け込んでもいいものだろうか。

少なくとも梅たちは月を受け入れてくれている。

こういう受け入れられ方は月には無縁のものだった。殺し屋というのはもう少し周りと距離を取るものだからだ。

しかし嫌いではない。

蕎麦が運ばれてきた。温かい蕎麦の上にすりおろした山芋がかかっている。その上に生姜《しょうが》を刻んだものが載っていた。

するりと胃に収まったあとで体が温かくなってくる。

美味しい、と思うが、それ以上に人とわいわい食べるというのが楽しい。もちろん誰かと食べることは月にもあるが、町人の持っている感覚とは少し違う。

姿勢を正さなくても怒られないという感じがした。

「月さんは世慣れてないよね。もう少しこう、砕けてもいいんじゃないかしら」

松が言った。

「どうすれば砕けるのでしょう」

「それ聞いちゃうところが砕けてないところだね」

竹美が笑い出した。

「もっと自然でいいのよ」

月の自然とおかみさんたちの自然は少し違うらしい。

これは課題かもしれない。

でもいい課題だ。人間として楽しんでもいい、と言われている気がする。人を殺す人形として育った月には嬉しいことだった。

楽しく笑って家に戻る。

それから月は部屋であらためて考えた。

笑うと弱くなるのか、である。

人を殺すときには「殺す」以外はなにも考えない。温かさは邪魔だと教わってきた。殺すときに相手の家族の姿が見えたりしては駄目だ。だから自分も家族などは持たないほうがいいと言われていた。

しかしいま、月には要がいて、長屋のおかみさんたちと笑っている。

殺し屋としての腕は鈍るのだろうか。

そんなことを考えているといつの間にか眠っていたらしい。

要の帰ってきた音で目が覚めた。

「おかえりなさい」

慌てて迎えに出る。

「少し眠っていたのか？」

「すいません」

謝ると、要は嬉しそうに笑った。

「いいな。もっとどんどん気を緩めるといい」

「はい？」

月は思わず訊き返した。要の言葉が意外だったからだ。

「緩めないほうが妻として正しいでしょう？」

「それはどうかな。人間は正しい姿などないのだ。いい妻でいようというのは嬉しいが、それは月の演じてる姿だろう。俺は素のままがいい」

それから要は少し横を向いた。

「素のままのほうが好きだからな」

好き。

はっきり言われて心が踊る。

「わかりました。頑張って怠けます」

「だから頑張らなくてもいいのだ」

言いながら要が月を抱きしめる。

「自然でな」

自然。要にも言われる。そんなに自分は不自然なのだろうか。人を殺しているときしか自然ではないのかもしれない。

もっと自然になれるよう努めよう。

月はあらためて力を込めたのであった。

翌日、月が歩いていると、

「甘酒どうですか」

可愛らしい声がした。

八丁堀にある書物問屋の脇である。

八丁堀は武家地ではあるが、武家が拝領した土地を一部貸し出しており、それなりに店は多い。

ただ騒がしいのも嫌うので、飲食店はない。

武家が多いため、本などは客が多かった。

月も本は好きで読む。書物問屋は儒学の本のような堅いものが多い。黄表紙などは扱わないのが常だった。

とはいえ実際には黄表紙を扱う店もあるのだが。

声のほうを見ると、十歳くらいの少女である。甘酒を売るにしても少々若すぎる。

「どうしたの？　お父さんは？」

「風邪で寝てるんです」

どうやら父親の代わりらしい。たしかに甘酒売りだと一日休むだけでも収入に響くだろう。

「そうなの。一杯ちょうだい」

月はそう言って四文銭を渡した。

「ありがとうございます」

甘酒を受け取って飲む。生姜の香りがした。他の店より少し多めに入っているらしい。

「美味しい」

笑顔を向けると、少女は嬉しそうな様子を見せた。

「お名前は？」

「椿《つばき》です」

「そう。いつもこのあたりでやってるの？」

「はい。父がいつもここにいるので」

「浪人さん？」

町人であれば「父」という言い方はしないことが多い。もう少しくだけた呼び方である。父というのだから、浪人のような気がした。

「はい。甘酒を売っています」

少し恥ずかしそうに言う。

浪人は甘酒売りはあまりしない。商売は町人のものだからだ。多分椿の父親には合っていたのだろう。

「そうなの。今度また買わせてもらうわね」

「ありがとうございます」

利発そうな娘だ。月は好感を持った。

椿の店はわりと繁盛しているようだ。もしかしたら父親よりも売り上げはいいかもしれない。

甘酒は夏の飲み物だが、最近は冬の需要も多い。少し多めに生姜を入れると体が温まっていい。

この店のためにここに来てもいい、と思った。

月の家からここまでは歩いてすぐである。いままで気が付かなかったのはたまたまこの辺を通っていなかったからだ。

今度長屋のおかみさんたちも誘ってみよう。

そんなことを思う。

「ではまたね」

挨拶してから家に戻った。

父親の手伝いか、と思う。月もある意味父親の手伝いはしているが、ああいうほっこりしたものではない。

あんな家庭もいいなと思った。

父親の久通を嫌いではないが、殺しというつながりよりは甘酒のほうが家庭的だろう。

そんなことを思いながら行灯《あんどん》の前に座った。

今日の課題は縫物である。

人間に「針」を刺すのは得意だが、布には刺せない。せっかく福切れを買ったのだし、なにか縫ってみようと思ったのだが、どうしていいのかわからない。

一応、梅たちから手ぬぐいのつくり方は習った。

しかし布を手に持って呆然とするだけである。

行灯に針を刺す以外はなにもできないでいる。

針は部屋の中ですぐなくなってしまうから、行灯の紙に刺すものだということは憶えた。しかしそこからがなかなか難しい。

縫物は素直におかみさんたちに頼むしかないだろう。

「こんにちは」

玄関からあやめの声がした。

「はい」

玄関に出ると、あやめが包みを持って立っていた。

「どうしたのですか？」

声をかけると、あやめが包みを差し出す。

「これをどうぞ」

中を見ると手袋であった。

「この季節は冷えますから。手には気をつけてください」

「ありがとう」

たしかに手が冷えるといろいろ不都合だからありがたい。

「でも突然どうしたの？」

「お伝えしたくて。月様が襲われると危ないですからね。なんせ美人ですから」

あやめが真顔で言う。

「いくらなんでも突然襲われたりしないでしょう」

「そうとも言えません」

「なにかあったの？」

「最近神隠しがあるらしいのです」

あやめが眉をひそめた。

「神隠しということは子供がさらわれているの？」

「はい」

「それならわたくしは関係ないでしょう」

「女というだけで危ないです。月様は見た目は清楚ですから」

見た目は清楚。中味は違うということだろう。たしかにそうではあるが。それにしても神隠しとは物騒だ。

「一応気をつける」

襲われたからといって軽々しく殺せるものでもない。

手袋を渡すと、あやめはさっさと帰って行った。

神隠し。なんとなく気になる。

それから三日ほどして、月はふたたび甘酒を買いに行った。今度は男が立っている。どうも父親のようだ。

しかしどうにもやつれている。病み上がりだけが理由ではなさそうだ。

「こんにちは」

声をかけると元気のない様子である。

「いらっしゃい」

「椿ちゃんは？」

「いなくなりました」

男はがっくりとうなだれる。

「何ですって。奉行所には届けたのですか？」

「届けましたが。なんとも」

仕事どころではないのだろう。気持ちはわかる。

それにしてもどういうことなのか。

神隠しというのは普通山村で起こる。江戸では住民の管理がしっかりしているから、そんなに簡単に人間をさらえないのだ。

もしさらうなら、すぐに江戸以外に運ぶしかない。

「気を落とさないでくださいね」

声をかけると家に戻る。今夜にでも要に話してみようと思った。

そして夕方。

戻ってきた要に話すと、要は引きしまった顔になった。

「神隠しのことは知っている。ただ手がかりがないのだ」

「子供が一人でどこかに行くとも思えません」

「わかっている。臨時廻りが気にして捜しているよ」

要が言う。

「俺ももちろん手がかりを捜す」

それから要は表情に怒りを滲ませた。

「子供をさらうなんて許せないな」


そうこうするうちに料理茶屋に行く日が来た。

その茶屋はあらかじめ約束しておいて、料理なども事前に頼む形式である。今日の月は紅花問屋の若妻である。

薄い青色の着物に黄色く椿があしらってある。冬にしては涼しげな格好であった。しかし着物にはしっかりと綿が入っていて暖かい。帯の中には体が冷えないようにカイロを入れてある。

下駄は桐《きり》のものに鼻緒は紅絹《もみ》である。この下駄だけでも要の一ヵ月の給金をはるかに超える。

しかし履物《はきもの》に金を使うのが商人というものだ。まさに「足元を見られる」からだ。

「ようこそいらっしゃいました」

料理茶屋の主人は五十歳くらいだろうか。髪はすっかり白髪である。額に刻まれた皺《しわ》が苦労してきた様子を窺わせた。

笑顔の様子からするといまはうまくいっているのだろう。覗きというものの是非はともかく、そんな雰囲気だった。

「今日はお世話になります」

要のほうも笑顔を返す。

「これは土産《みやげ》です」

そう言うと紅の入った陶器を渡す。

「ありがとうございます」

言いながら、主人が探るような視線を向けた。

「江戸は長いのですか？　言葉は江戸風ですね」

紅花の産地は北のほうだ。まったくなまりがないのは不自然らしい。

「わたしは江戸生まれですよ。紅花は仕入れているだけです」

「そうでしたか」

主人が席に案内してくれる。一応客の素性《すじょう》は警戒しているらしい。それにしても要のふるまいには武士臭さがない。

刀を差していないことに慣れている様子だ。

月が知らないだけで、変装をすることも多いのだろう。

「ここはいい席ですよ」

案内されるのを、要は首を横に振った。

「あまりいい席でなくていいのです」

「どういうことですか？」

主人が不思議そうに返す。

「眺めたいものは別にありまして」

要が言うと、主人はぴんと来たようだ。

「なるほど。そういうことでしたか」

そういうこと。つまり客の顔が見たいというのを察したということだ。ここにはそういった客も多いのだろう。

この料理茶屋の料理は見物料も含めて一両。八百善《やおぜん》や平清《ひらせい》といった一流の料亭と比べても遜色《そんしょく》ない値段である。

男湯を覗くためだけにその金を払える客を、捕まえたいという商人も多いに違いない。

「今日はとびきりのお客様がお見えになりますよ」

主人が愛想よく笑った。

「それはありがたい」

「なんせ宿下《やどさ》がりの方ですから」

「本当ですか。これは願ってもない」

要が相好を崩した。

宿下がり。大奥の女中などが休暇をとって実家に帰省することである。女中に上がるのは裕福な商家の娘も多い。数年に一度は実家に戻るのである。

大奥は一生奉公するわけではない。商家などは花嫁修業として大奥に奉公させたあとでいい縁談を見つけることも多かった。

ここへ来るのは、大奥勤めの娘の気晴らしなのだろう。

しかしこのような遊びに興じるには案内人が必要だ。要の目当てはその案内人ではないかと思われた。

しばらくして客が入ってきた。いかにも身分が高そうな女性である。お付きの男が三人いた。

しかし男たちの顔は決していい顔ではない。どちらかというと裏側の社会に住んでいる顔つきだった。

女のほうはそれには気がついていないのかもしれない。男は武家が一人、町人が二人である。武家はそれなりの身分の旗本に見える。

それにしても面構えが悪い。こう言ってはなんだが殺したくなる顔だ。こういう男が一人消えるだけでも、世の中が綺麗になりそうだった。

「今日は特別仕立てです」

男の声が聞こえた。

「それは楽しみです」

特別仕立てとはなんだろう。

「やれやれ」

要がため息をついた。

「なんなのですか？」

「湯屋に仕込みを入れているのだ。金を払って雇われたい男が湯に入ってくる」

見られる方も承知の上ということなのか。

「双方承知なら、たいしたことでもないのですね」

「たいていの客はなにも知らぬがな。だがそれはこちらには関係ない」

要が武士のほうに視線をやる。武士が女性になにかを見せていた。櫛《くし》のようなものである。

「おそらく抜け荷だ」

抜け荷。まあ、悪いと言えば悪いがよくあることである。誰かが困るわけでもないし、その程度の悪事には興味がない。

「悪い人なんですね。でも人を殺したわけでもないということですね」

「問題は抜け荷の代金なのだ」

「代金？」

「生きた女よ」

そう言って要は苦虫を嚙みつぶしたような顔をした。

「日《ひ》ノ本《もと》の女は人気があるそうでな。かどわかして異国に売る連中があとをたたない。上玉をそろえるのに利用されているのがあの方なのだ」

「それは本当に悪い奴ですね」

「うむ。それにな。かどわかした女は言ってみれば仕入れがただだ。まさに濡れ手に粟《あわ》よ」

たしかにそうだ。そんな奴は人間として、いてはいけない。

「しかしことが大奥にかかわるだけに表沙汰にできぬのよ。内々に処分する方法を探りたいというところだ。そこで俺がこうやっているのだ」

そう言ってから少し表情をやわらげる。

「月とうまいものも食えるしな」

いきなり事件の話をしてしまったので気を使ったのだろう。要にとって月はあくまで普通の妻なのである。

少しは恐れを見せたほうがいいのかもしれない。月からすると、自分の出番が訪れる予感しかしないのだが。

「怖いですね。いきなりかどわかされたりしないでしょうか」

一応怖がることにした。

ここはなんとか演じるしかない。

「いきなりそんなことはしないし、なにかあれば俺が守る」

要の言葉が頼もしい。

好かれているという実感が湧いて嬉しかった。人殺ししかとりえのない自分が、とりえ抜きで向き合っているのに。

「まずはこちらをどうぞ」

女中が料理を持ってきた。

「鯛《たい》の吉原風でございます」

ぱりぱりに焼いた皮に、辛子と砂糖醬油をかけてある。

「甘い。そして辛い」

「鯛を砂糖で焼くのが吉原流です。そこに辛子をつけるとまた別の味わいで」

鯛を甘くするのが吉原流なのか、と思う。吉原でなにかを食べることなどないが、これはこれでなかなか美味しい。

「こちらのお酒をどうぞ」

女中が色のついた酒を持ってきた。

「これは？」

「山ぶどうと砂糖を焼酎《しようちゆう》につけたものです。中の山ぶどうを取り出して、あらためて山ぶどうの汁で割りました。美味しいですよ」

たしかに美味しそうだ。しかし焼酎。なんとなく危険な感じがする。

「あとでいただきます。とりあえずお茶をください」

一応避けておこう。最後に一杯飲むくらいならいいだろう。

「わたしはいただきます」

要が笑顔で飲む。

「これはなかなかうまい。赤い色もいいですね」

どうやら本当に美味しいらしい。

一杯くらいはいいのかもしれない。

「あ、ではわたくしも」

たかが一杯、なんということもないだろう。

盃《さかずき》についでもらう。

山ぶどうの香りが口の中に広がった。

これはかなり美味しい。

「本当に良い味ですね」

「ありがとうございます」

しかもまだ記憶は飛ばない。

「もう一杯くらいいけそうです」

手を出す。

「平気なのか？」

「もちろんです」

そして二杯目を飲む。

目が覚めると朝だった。

「おはよう」

隣で要が笑っている。

「わたくし、記憶がありません」

「ない方がいいだろう」

要が笑いながら言った。

死にたいかもしれない、と月は思わず泣きたくなる。どのような醜態をさらしたのか全くわからない。要が笑っているということはなにかはやったのだろう。

「要さんの邪魔をしましたか？」

気になることを口にする。

「とんでもない。助かったよ」

要が真顔で言った。

「おかげで相手と近づくことができた」

「相手と？」

一体なにがあればそうなるのだろう。

「うちから紅を仕入れてくれることになったよ」

どうやら紅花問屋としての商談に成功したらしい。

「まあ。紅の質もよかったのだがな」

そういえば要の用意した紅はどこから仕入れたのだろう。誰かが仕込んでいるはずだった。

「あれは特別な紅だからな。そうそうは手に入らないだろう」

「そういえば唇の感触が変わりましたね」

「吉原の花魁《おいらん》だけが使う特別な紅だ。それ以下の遊女は使えない。そう言ったら目の色を変えていたよ」

吉原の遊女はいい女の代名詞だ。大奥もたしかに権威だが、いい女という称号は吉原の花魁のためにある。

だから花魁だけの特別な紅となると大奥でもその価値は計り知れないだろう。

「どこでそのようなものを？」

「特別な伝手で手に入れた」

特別とはなんだろう。少し考える。

「まさか遊女と遊んだのですか？」

「奉行所の伝手だ。俺は吉原には行かない」

「そうですか」

そう聞いて気持ちがおさまる。

「いちいち妬《や》くな」

要がため息をつく。

「要さんはわたくしがどうでも妬かないんですものね」

少しすねてから、自分の役目のことを考える。今回はかどわかされた女性がいるというのが問題だ。犯人を殺しても売られた女が助からないと意味はない。

一番手堅いのは月がかどわかされることだが、そうすると助かったときに殺し屋であることが知られてしまうかもしれない。

しかしやはりかどわかされてみるしかないだろう。だとしたらなるべく危険な相手との交渉を月がやるべきだ。

「紅花問屋の女将としてわたくしが売り込みましょうか。女同士のほうがなにかと便利かと思います」

「しかし危険ではないか」

「相手も女ですから。そんなに無体《むたい》なことはしないでしょう」

月に言われて、要もそう思ったらしい。

「そうだな。一つ頼むとしよう。だがくれぐれも無茶はしてくれるなよ」

「これでも多少は心得があります」

そういって月は笑って見せた。

その場にいる全員を殺してもおつりが来ます、とはさすがに言えない。

「俺は抜け荷のほうをさぐることにする」

同心としては抜け荷を見逃すこともできないだろう。

それから要はあらためて言った。

「本当に大丈夫か？　お前は同心ではないのだぞ」

「妻ですから。それにかどわかされた人を放っておくわけにもいかないでしょう。いまでも何人かいるのではないですか？」

「そうだな」

「それは調べていただくしかないです」

こういうことは同心には勝てない。月としては情報を待ちつつ相手に紅花問屋として接するしかない。

あの侍はいかにも危険そうだ。うかつなことをして殺してしまわないようにしよう。

そうして三日後、侍との待ち合わせのために柳橋の料亭「はなのや」を訪れることになったのであった。

その前に芸者の龍也のところに相談に行くことにした。

「はなのやね。なかなかの店を選ぶじゃないか」

龍也は面白そうに笑った。

「ろくでもない野郎だね」

「店の名前でわかるのですか？」

「何軒かはあるんだよ。たちの悪い店がね」

龍也がため息をつく。

「たちが悪いというのはどんなことなんですか」

「あたしら芸者は体は売らないんだけどさ。座敷の中で無理やり手籠《てご》めにされちまうこともあるんだよ。もちろん御法度《ごはっと》だけど、店が見て見ぬふりをしたらどうしようもない」

「文句を言わないんですか？」

「たいていとんでもなく高い金を払って黙らせるんだよ。客の中には遊女や芸者はいやで、素人《しろうと》の人妻を手籠めにしたい客もいるんだ」

「わたくしも襲われるかもしれないということですか？」

「気を付けた方がいいだろうね」

「殺しそうで怖いです」

月は素直に言った。

「あくまで紅花問屋の女将として行くんだろう？」

「ええ」

「じゃあ男連れていきなよ。なるべく怖そうな奴」

「そのような人は知りません」

「くろもじ屋に一人くらいいるだろう。浪人が」

「いるにはいますが」

月はくろもじ屋の浪人を思い浮かべた。くろもじ屋もたしかに用心棒として浪人を雇っている。しかし慈善のようなもので、実際には役立たない。

この浪人は「はりぼての政次郎《まさじろう》」と言われる人だ。顔はやたら怖いが腕は全然駄目なところから言われている。

でもはりぼてでもいないよりはいいか、と思う。

それにしても、女を手籠めにする料亭があるというのは驚きだ。芸者もそれを知っているのに座敷は成立するのだろうか。

「そういう座敷に行く芸者がいるのですか」

「手籠めにされれば金になるからね。通常の五倍も十倍ももらえるんだよ。売れてない芸者からするとやむをえないってところはあるね」

女の弱みにつけ込んで遊ぶということか。それは本当に悪い奴だと言ってもいい。もし襲われたらどうしたらいいだろう。

あとで金で黙らせようというなら抵抗するほうがいいだろう。

少し背中が寒くなる。

「どうしましょう」

「まあ、浪人を借りたうえで、くろもじ屋に同じ時間に座敷を立ててもらえばいいよ。評判は悪いが普通の客もいる。あたしも行こうじゃないか」

龍也がいるなら少しは安心である。殺し屋こそ営んでいないが龍也も強い。普通の男ならとても勝てはしないだろう。

「わかりました。くろもじ屋さんと話します。ありがとう」

龍也に礼を言う。

「今日は座敷が入ってるからそろそろ準備をするよ」

「では失礼します」

そう言って龍也の家を出る。要が帰ってくるにはまだ早い時間だから、くろもじ屋に寄ることにした。

菊左衛門と会う。

事情を説明すると、菊左衛門は顔をしかめた。

「それはひどい男ですね。政次郎はお貸ししましょう。宿下がりの女ですか」

菊左衛門は少し考え込んだ。

「それは鼈甲問屋の娘の小夜《さよ》ですね」

「『宿下がり』だけでわかるのですか？」

これにはさすがに驚いた。いくらなんでも知りすぎだろう。

菊左衛門は声をあげて笑った。

「日本橋の商人《あきんど》なら誰でも知っていますよ」

「そうなのですか？」

「大奥とつながりがあるというのは非常に大きいのです。たとえばうちのくろもじですが、もし大奥に納められるのであれば、月に十万という数が売れる。もっとも作るほうが間に合いませんがね」

たしかに何千という数が働いている大奥とつながるのは大きなことだ。だからどこの家の娘が宿下がりするのかも知っているのだろう。

「では娘さんにまとわりついている男もご存じなのですか?」

「ええ。知っていますよ」

菊左衛門はため息をついた。

「もっともかどわかしとか抜け荷は知りませんでした。たちが悪いことは知っていましたがそこまでとは。もう少し小物だと思っていましたよ」

そうだとすると、最近大きな悪事をおぼえたのかもしれない。

「伺ってもいいですか? 悪党面《づら》の武士ですよ」

「ええ」

菊左衛門は大きく頷いた。

「あれは武士とはいってもなんの役職にもついていないのです。無職の武士というやつですね」

武士は普通は小普請組に所属する。といってもそれで全員に仕事がいきわたるわけではない。生きているだけ、という武士も多かった。

生きるために仕事しようにも、武士は町人のような仕事は禁止だ。その男も生きるために悪事を始めたのだろう。

「それで、なんという男なのですか」

「旗本の佐々木《ささき》一郎左衛門《いちろうざえもん》という奴ですよ」

「ということは長男なのですね」

「ええ。といってもまあ、俸給は年八両といったあたりで、とても暮らせません。だから佐々木は自分の屋敷で賭場《とば》を始めたのです」

そこから悪いつながりができたのだろう。その客の中に抜け荷を扱う商人がいたというわけだ。

「殺しの依頼は来そうですか？」

月は気になっていることを口にした。殺し屋である以上依頼は必要である。そうでなかったらただの人殺しだからだ。

「おそらく来るでしょう」

くろもじ屋が確信めいた言い方をした。

「ですから、しばらくお待ちください」

「はい」

返事をしながら、月は要のことを思った。

あちらはどうしているのだろう。


そのころ要は、与力の田坂仁衛門《たさかじんえもん》と差し向かいで話をしていた。

要は同心である。報告は与力にする。たとえ義父であっても奉行と対面することはまずない。

報告書はすべて文書である。口頭より文書重視であった。

与力の田坂は事態を重く見て、書類だけでは足りぬと要を呼んだのであった。

「大奥の宿下がりというのは間違いないんだろうな」

「決まったわけではありませんが、間違いないと思います」

「困ったことになった」

田坂は心底困惑したような表情になった。

「形としては町人だから町奉行所の管轄だが、大奥にうかつに手を出せばどのような叱責《しっせき》があるかわからないぞ」

それから田坂はあらためて言った。

「なかったことにはできぬのか」

「できません」

要はきっぱりと言った。

覗きくらいならともかく、かどわかしの疑惑があるなら許せるものではない。

「なんとかその男だけ捕まえることはできないかな」

「それは隠密廻りではなくて定廻りなり臨時廻りの仕事ではないですか？　それでなければ火盗改めでしょう」

要が言うと、田坂は首を大きく横に振った。

「火盗改めはいかん」

田坂は真面目な与力だが、自分に責任がかかるのをとにかく嫌う。面倒なことがあると同僚の与力に渡したり、ひどいと南町に譲ったりする。

ついたあだ名が「降《お》りの田坂」であった。込み入った事件からはすぐ降りてしまうからである。

それでも許されるのは、町奉行所が凶悪犯罪をあまり扱わないせいである。たいていは細かい違反の摘発であった。

だから抜け荷とかかどわかしとなると怯えてしまうのである。

田坂の気持ちはわかる。なにかあって責任をかぶると下手をすれば切腹だ。いまの世の中で切腹など、考えるだけでも恐ろしい。

「これはお奉行が直接担当した方がいいのではないか」

「そんなことがあるわけないでしょう。与力の仕事ですよ」

要が少々きつく言った。こんな腰くだけなことを言われても困る。

「わしはやりたくない」

田坂があっさりと白旗をあげる。

「ではどうすればいいのですか」

「どうしよう」

全く頼りにならない。田坂が特別無能なわけではない。奉行所というのはあくまで役所であって、戦《いくさ》をするような感覚はないのだ。

責任を負わなくていいなら田坂はなかなか大胆である。

だからなんとか田坂の責任を取りのぞけば、いい上司といえた。

「とにかくどうするか決めないと。誰かひっくくって拷問《ごうもん》でもしてみますか？」

やるはずがないと思いつつ口にする。

田坂は目をむいた。

「拷問なんてやるわけないだろう。なにを言うのだ」

「そうですよね」

町奉行所で拷問はまずない。五年に一回でもあったら大したものである。拷問をするとなると、証拠ががっちり固まっていて、犯人の自白だけがとれないときの最後の手段である。

それも医師がつきっきりで、間違っても拷問で死なないように見ている。

そのうえで冤罪《えんざい》だとわかると担当者は切腹。岡っ引きは打ち首である。

田坂のような与力は一生拷問はしないと思われた。

「だったらしっかり調べて証拠を固めるしかないでしょう。まずはつなぎを取ってみるしかないですね」

要が言うと、田坂は腕を組んだ。

「わたしの独断ということでいいですよ。どうせ隠密廻りですから」

「そうしてくれるか」

田坂がほっとしたように言った。

「そのかわり調べるのに金がかかります。金持ちという風情《ふぜい》で調べないといけませんから」

「それはまかせておけ。ことがことだけにな」

田坂はそういうと去って行った。大奥のことだけに気が行って、かどわかしのことには気が回っていないようだ。

かどわかすということはどこかに運ぶということだ。駕籠《かご》で江戸から出ることはできないから、どうしても船ということになるだろう。

するとすると廻船の中に女を詰め込むしかない。しかし幕府は船にうるさいから、そう簡単に女を詰め込めるものではない。

調べない船、ということになる。

女を積めるとしたら菱垣廻船《ひがきかいせん》か樽廻船だろう。船倉の広さからすると樽廻船だろうか。といっても確証はなにもない。

月の話を聞くしかなかった。

しかし捜査の手伝いなどして月は大丈夫なのだろうかと心配になる。要と違ってなにかあったときに戦えるわけでもないだろう。

もし月がかどわかされたら、と不安が胸を嚙んだ。

月のような可愛い妻を事件に巻き込むべきではないのだろう。覗き茶屋に遊びに行くくらいならいいが、相手との取引をまかせるのはやりすぎだ。

月がてきぱきしているからついまかせてしまったが、万が一があったら自分を責めても責め切れない。

いまからでも月を止めるべきか悩む。しかし、成功すればこれ以上のことはない。

どこで商談をするのかしっかりと聞いて、近くで待っていることにしよう。

今日家に帰ったらきちんと話そう、と決意する。

なにか美味しいものでも買って帰ろうと思った。


要が帰る音がした。鰻《うなぎ》の匂いもする。

どうやらお土産に鰻を買ってきたようだった。相手との商談を月にまかせたことを気にかけているのかもしれない。

要からすると月はいかにもか弱い妻だろう、と思うと嬉しくなった。人に心配されるのはいいことである。大切に思われている証だからだ。

「ただいま」

要が鰻を差し出した。

「今日はこれを食べよう」

「ありがとうございます」

鰻を受け取った。少々冷えている。しかし鰻はせいろを使えば簡単に温まるから安心だ。最近月はせいろの使い方を憶えたので、料理が少し楽になっている。

蒸《む》すというのは素晴らしい。焦げることもないし煮えすぎることもない。おまけに生焼けもないのである。

味が抜けることもなかった。

買ってきてもらった鰻をせいろに入れて軽く蒸す。鰻は筒切りになっていて、山椒《さんしょう》味噌が塗ってある。

鰻に関してはこうして温めた方が身が柔らかくなって美味しい。

「ここの鰻は美味しいぞ」

要が得意そうに言った。

「他の店とは違う。皮が柔らかいのだ」

鰻には当たりはずれがあって、皮が厚くて硬いのと柔らかいものがある。この店の鰻の皮は全部柔らかいということだろう。

「それはすごいですね。コツがあるのでしょうか」

「全部雌《めす》の鰻だそうだ」

「雌ですか?」

「うむ。鰻の皮というのは、雄《おす》は硬くて厚いらしい」

「知りませんでした」

蒸しあがった鰻を皿に盛る。

「一緒に食べよう」

要が声をかけてくる。

「先にどうぞ」

「いや」

要が首を横に振った。

「この間料理茶屋に行ったとき差し向かいで食べたろう。あれで確信した。二人ばらばらに食べるのはいかにも味気ないではないか」

どうやら二人で食べることに決めたらしい。月としても要と差し向かいのほうが楽しいから、それに越したことはない。

「わかりました」

月は二人分の鰻を並べた。

「では二人で」

一緒に食べると幸せな気持ちになる。

いつまでもこうしていたいものだ。

「ところで相手とはどこで会うのだ」

「『はなのや』という料亭です。この間の武士と、もう一人商人が来るそうですよ。宿下がりのお女中は来ないようです」

「すると女一人に男二人なのか？」

要が確認するように言う。

「くろもじ屋さんが用心棒をつけてくれます」

月が楊枝を削って納めているのは知っているから、要は少しほっとした様子を見せた。

「くれぐれも無理はするなよ」

「わかっています」

料亭で襲われる可能性は低いだろう。

ただし醜態を見られているから、酒を飲まされるかもしれない。飲んだあとの記憶がないから月としてはなんとも言えない。

いずれにしても初回で何かするということはあるまい。

「くろもじ屋さんも同じ料亭で座敷を立ててくれるそうですから、安心です」

「そうか。ならいい」

「せいぜい高く紅を売ってきます」

「あらためて言うが、危険のないようにな」

「用心棒の方もいるから平気ですよ」

「そうか。一応俺もくろもじ屋の座敷に行きたいのだが」

要が遠慮がちに言う。要をくろもじ屋に会わせるのはどうなのだろう。少し抵抗はあるが仕方ないか。

安心させるためには会わせるしかない。

「そうですね。わたくしから伝えておきます。座敷に行っていただければ」

自分が案内するより勝手に会った方がよさそうだ。

約束の日まで準備を整えることにした。

なんといっても難しいのは「金持ちらしさ」である。これは非常に困難だ。単純に金がかかることをするのは成金であって金持ちではない。

しかも仕事なりの金持ち加減があるのだ。

紅花屋の金持ちというのはどんなだろう、と龍也に相談することにした。芸者は金持ちをたくさん見ているから、知っていることもあるだろう。

「明日知り合いの芸者の家でいろいろ聞いてきます」

「苦労をかけるな」

要は少し乗り気が失《う》せたようだった。

「心配ですか？」

「当然だろう」

真顔で言われてまた嬉しくなる。誰かに心配されるというのは月の人生にはあまりなかったことを実感する。

「要さんも頑張ってくださいね」

「うむ」

そういうと、要は大きくのびをした。

「今日はそろそろ寝ようではないか」

「はい」

月は支度をすると、要の腕の中に収まったのであった。

「いってらっしゃいませ」

要を送り出すと、月は龍也のところにおもむくことにした。といっても少し時間が早い。芸者は起きるのが遅いものだ。

だから少し家事をして、日が高くなった頃合いで家を出る。

深川芸者は蛤町《はまぐりちょう》に住んでいることが多い。母親と暮らすか、妹分と暮らすかだ。身の回りの世話をしてくれる誰かと暮らさないと生きていけない。芸者のいる長屋は二階建てである。

同じような家が並んでいた。

芸を磨くのに忙しく、月と同じで家事に気が回らないのである。

「こんにちは」

挨拶をして戸を開ける。

「いらっしゃい」

あやめが出迎えてくれた。龍也はまだ二階で眠っているらしい。

「今日はどうされたのですか？」

「紅花問屋の立ち居振る舞いについて聞きたいの」

「ではいま起こしてきます」

あやめはすぐに二階に行った。しばらくすると気だるげな龍也が降りてくる。

「紅花問屋に化けるんだっけね」

あくびをしながら答える。芸者はどんな相手にも丁寧にもなるがぞんざいでもある。

武家だからどう、ということはない。芸者の主は金だからだ。

「なにかご存じかと思いまして」

「座敷に女の客はいないから、女房のことは知らないよ。だけどまあ、なんとなくわかる」

そう言いながら長火鉢《ながひばち》の前に座った。

龍也は壁を背にしていて、目の前に長火鉢がある。月は向かい側に座る形だ。龍也の後ろには神棚がある。普通の家と違うのは、神棚が二つあって、一つには紙でできた男根が飾ってあることだろう。

なんのお守りなのかは本人たちも知らないらしい。だが芸者なら必ず飾ってあるものだった。

「武士の贅沢と商人の贅沢は違うからね。けちけち贅沢をするといいよ」

「けちけち贅沢？」

「意味のない贅沢はしないってことさ。必要だと思ったらいくらでもかけるけどさ、そうじゃなかったら一文《もん》でも惜しむ」

そう言ってから、火鉢の上で湯気をたてている鉄瓶から茶碗に白湯《さゆ》を入れた。

「たとえば紅花問屋ならさ、自分にはあまり紅を使わない。紅は客のためのものだからね。自分が贅沢しても儲からないだろう」

この間月がたっぷりと紅を塗って行ったのは素人考えということか。月は少し恥ずかしくなる。

「では紅は薄く塗っていきます」

「ただし、金がないからこうしている、って思われないようにね。紅は商売ものだから薄く塗るけど、他のことで一つだけ贅沢するといい」

「どこがいいですか」

「相手が抜け荷を扱ってるのが本当なら簪がいいよ。相手にとってもいい客になるかもしれないからね」

そういうと、龍也は一本の簪をあやめに持ってこさせた。

「あたしを口説いてきた客がくれたものだよ。いい品だけど口説かれる気がないからつけたことはなかった」

それは鼈甲に蒔絵《まきえ》をほどこしたものであった。いかにも高価という雰囲気がある。

「お借りします」

「なくしてもいいよ。使わないからね」

それから龍也はくすりと笑った。

「くろもじ屋の旦那が座敷を立ててくれたからね。お礼だよ」

それからいくつか注意を受けて、月は商談にのぞむことになったのであった。


当日になって、月は「はなのや」に足を運んだ。はなのやは川に大きく張り出した船着場を持っている。ここから吉原に行くのである。

「こんな店に入ったことはござらぬな」

用心棒の政次郎が息を呑んだ。

「わたくしもですよ」

月も返す。もっともこのような店に足を踏み入れたことはある。人を殺すためだが。客として入るのは初めてだ。

店に入ると、下足番がやってくる。下駄を預けるときに心づけを渡す。銀玉《ぎんだま》と呼ばれる豆板銀《まめいたぎん》を一つである。

「ありがとうございます」

下足番が笑顔を見せる。心づけは惜しんではいけない。かといって多すぎるのも嫌味である。銀玉くらいがちょうどいいらしい。

部屋に通されると、相手はもう待っていた。

武士が一人。商人が一人。

「よろしくお願いします」

丁寧に挨拶をする。相手の二人は月よりも政次郎が気になるようだ。それはわかる。政次郎は人相が悪い。額に大きな刀傷があって、いかにも人を斬ったという風情だ。

しかし実際には気が弱くて荒事《あらごと》にはまるで向かない。

まさにはりぼてである。

「女一人では危ないので」

月は笑顔で説明する。

「たしかにそうであるな」

武士のほうが鷹揚《おうよう》に頷いた。

大身のようなふりをしているがこちらは貧乏旗本だから、月の芝居と似たようなものである。

問題は商人のほうだ。

値踏みするように月を見ている。取引に足る相手かを査定しているのだろう。

「今日はご自分ではあれを塗られていないのですね」

商人が月の唇を見た。

「あれは商品ですから。お客様が塗るためのものです」

「ほう」

商人が感心したような表情になった。

「笹村屋《ささむらや》美月《みつき》と申します」

月はあらためて両手をついた。

「これはこれは。薬種《やくしゅ》問屋の伊村屋《いむらや》でございます」

商人のほうも丁寧に頭を下げた。

「人参牛黄《にんじんごおう》を扱っています」

人参牛黄。万病によいと言われる薬である。特に産後などに効く。それなら大奥に食い込んでいてもおかしくはない。

とてつもなく高いから庶民が目にすることはない。一包で一両はするという代物だ。月も噂でしか聞いたことはない。

親に飲ませるために娘が身売りするくらいの薬である。

それは金持ちだろう、と思う。

「これはまた貴重なものを扱っていますね」

「おかげ様で」

伊村屋は心を見せないような柔和な笑みを浮かべた。

「それでうちの紅が欲しいというのは、それなりの方々に渡したいということでしょうか」

「左様でございます」

伊村屋は懐に手を入れると切り餅を四つ出した。百両である。

「このぶんだけご用意いただけますか？」

さすがに金持ちである。しかしこれだけでは全く罪でもなんでもない。面白くもない取引の話だ。

もう少し月が危機に陥るようなことになってくれないと困る。

「かしこまりました」

答えてから、伊村屋に笑顔を向けた。

「これをつける方は、なんというか、刺激も欲しい方なのでしょうか？」

「もちろんでございます」

「遊び場なども？」

「遊びですか？」

「絵双六とか」

月が言うと、伊村屋の目が少し光った。

「美月様は双六がお好きなのですか」

「少し」

月が答える。

絵双六は博打《ばくち》の隠語である。双六はもともと博打だったのを、ただの遊戯に変えたものが絵双六である。

双六はいまでも違法だが、絵双六はそうではない。だから賭場の隠語として使われることがあった。

賭場は男の場所ではあるが、博打が好きな女がいないわけではない。特に金と暇を持っている女性にはそれなりにいた。

男芸者をはべらせて博打に興じる女は上客で、男より思いきりよく金を使う。

月もそう見えるだろうか、と考えてみた。

「それならばそのうちご案内しましょう」

「そうですか」

答えると、月は政次郎に目配せした。

政次郎が後ろから紅を取り出す。

「これは真珠紅《しんじゅべに》というものです」

月は自分に塗って見せる。赤かった唇が笹色になって、真珠の粉が唇についてきらっと光る。

真珠は漢方薬の材料で、肌にいいものとのことだ。これを砕いて唇に塗るとかなり印象が強く残る。

「真珠ですか」

伊村屋が感心したように言った。真珠は漢方薬だが、異国では宝石としても扱われるらしい。だから粉を紅にまぶすとなかなかに美しい。

しかも値段も高い。高価というのも商品としては大切なことなのだ。

「大変高価ですが。どうですか」

月が笑顔を見せると、伊村屋も満足したように頷いた。

「これは是非取引をしたいですね」

これでひとまず月は安全だろう。続けて商売をしたい相手に手を出す商人はいない。ここからどうやって危険になるかが問題だ。

ちらりと武士の方を見る。こちらはやや好色そうな表情で月を見ていた。

こいつは落ちるかもしれない。武士は商売にはうとい。価値のある女ならかどわかしてみたいと思うのではないか。

もっとも彼らがかどわかしを行っているのかは確証もないのだが。そこは要が調べてくるだろう。

「お名前を伺ってもいいですか？」

月が笑いかけると、武士は一瞬ためらった。

それはそうだろう。名乗ってしまえば身分がわかる。武士には武鑑《ぶかん》というものがあるから、その気になれば調べられる。

といっても商人が簡単に見られるものでもない。そう思ったのだろう。

「青山源一郎《あおやまげんいちろう》である」

偽名を名乗ってきた。青山といえば有名な大身旗本である。印象としてそう思わせたいに違いない。

「よろしくお願いします」

月は丁寧に頭を下げた。

「この紅は高価なので用意に多少の時間がかかります。七日後にあらためて」

伊村屋は大きく頷いた。

「楽しみにしておりますよ」

なんの問題もなく「はなのや」を出る。しかしあとをつけられているかもしれない。

まっすぐ家に帰るのは危険である。

なので芝居町《しばいまち》に向かう。

こんなときのためにくろもじ屋が宿をとっていてくれたのである。

江戸の町は外泊に厳しい。江戸の人間はそうそう宿には泊まらない。しかし芝居の前に泊まる宿は別である。

芝居というのは一幕目が早朝に始まる。家から出ていては間に合わないから、芝居を観るための宿というのがあるのだ。

隠密廻りもよく使う宿がある。「いちのや」という宿で、宿の主人は月とも顔見知りであった。こういうときは重宝する。

「よろしくお願いします」

迎えに来た宿の人間に挨拶する。

「つけられているやもしれません」

そう言ってから部屋に通された。

こうしておけば宿の人間も気を使ってくれるだろう。

「お食事はどうされますか」

宿の人間が訊きにきた。そういえば話すばかりでろくに食べなかった、と思い返す。

「軽いものをお願い」

「かしこまりました」

宿の人間が下がったあとで、月はあらためて考えた。

はたして本当にかどわかしをしているのだろうか。普通の商売をしているだけで充分儲かりそうである。

危険を冒してまでさらなる儲けが欲しいものなのか。

月にはわからない。

しばらくすると、要が部屋に入ってきた。

「おかえりなさいでしょうか。いらっしゃいでしょうか」

月が言うと、要が右手を顎にやった。

「どうだろう」

どちらでもいいような気はする。

「ではおかえりなさいで」

月は両手をついた。

「挨拶などどうでもよい。どうだ？」

「首尾は上々ですが、彼らは実際にかどわかしなどするのでしょうか」

思わず疑問を口にする。

「それはかどわかす理由がないということか？」

「はい」

「たしかにな」

要は大きく頷いた。

「しかし悪どいことというのは、そう簡単なものでもないのだ。そうだな。たとえば椿の花があるだろう。あれには毒はない。綺麗だし、油もとれる。しかしな、椿にたかる虫には猛毒があるのだ。もともとは善意であったとしても。虫にたかられているうちに心が痺《しび》れて悪になるのやもしれぬ」

月は二人の顔を思い浮かべた。青山と名乗った男のほうが虫だろう。伊村屋は薬種問屋であるからには金の不自由はないに違いない。

だからいつの間にか悪に染められたのかもしれない。

「だとしたら少々気の毒ですね」

「武士のほうは我々の管轄ではない。薬種問屋をさぐることになるだろう」

「わたくしはおとりになればいいのですね」

「うむ。頼むぞ」

それにしても、青山はどのような虫なのか。

月は思いをめぐらせた。


そのころ。

青山と名乗った佐々木一郎左衛門と、薬種問屋の伊村屋は、伊村屋の座敷で話し合っていた。

「いい女でしたな。高く売れそうです」

佐々木が言う。

「しかしああいう女はかどわかすとうるさいのではないか。捕まってしまったらなにもかもおしまいだぞ」

伊村屋はやや心配になる。

伊村屋としては、もともと抜け荷ができればよかった。かどわかしには興味はなかったのである。しかし人間は金になる。特にいい女は高値で売れる。

高値で売れるものを売りたくなるのは商人の性《さが》としかいいようがない。

目の前の佐々木にはそういうものはないだろう。ただ金と女が欲しいだけだ。それはそれでいい。

「あの女、なんとか抱いてみたいな。品もあるし」

「かどわかしたら好きにするといいですよ。どうせ売り飛ばすのですしな」

「でも、あの女の扱う紅はいいのか？」

「それは大丈夫です。見本をもらいましたから。誰かに作らせますよ」

紅は所詮《しょせん》紅花から作るものだから、かわりの商人を用意すればいい。かどわかしを疑われると面倒だが、いままで失敗したことはなかった。

「博打が好きそうでしたからね。悪い遊びに誘えるといいですね」

伊村屋が言うと、佐々木は大きく頷いた。

「そいつは俺にまかせておくといい」

そして二人は楽しげに笑ったのだった。

結局月はつけられていなかったらしい。

翌朝宿の者から話を聞いたかぎりでは安全そうだ。

「実は少し困ったことがあるのです」

宿の主人が眉をひそめた。

「なんですか？」

「宿下がりのお女中がいらしているのです」

宿の主人が困惑した表情になった。

「どうしました？」

月が訊く。

「じつは、大奥から宿下がりされている方がお見えになっているのです」

どうやら芝居を観に来たらしい。

「なにか困るのですか？」

「そそうがあったら打ち首になるのでしょうかね」

「そんなことはありませんよ」

月が笑って答える。

普通の人から見ると「大奥」はかなり恐れ多いのだろう。

大奥にはさまざまなものがあるが芝居はない。宿下がりの間は芝居漬けになるつもりなのかもしれなかった。要に問う。

「彼女は事件のことを知っているのでしょうか」

「まず知らないだろう。抜け荷については知っているかもしれないがな」

それは知っていてもおかしくない。

「では聞きに行こうではないか」

要が立ち上がる。

「不躾ではないですか？」

「そんなことはないさ」

「しかしここで正体がばれるのもどうかと思います」

「同心として行くわけではない。紅は残っているか？」

「ありますよ。なるほど、商売に行くのですね」

直接売り込んで話を聞くというわけだ。

宿の主人に話をつけると、相手に話を通してくれることになった。紅を添えるのも忘れずにことづける。

しばらくすると、相手の部屋に招かれた。

鼈甲屋の小夜と、お付きらしい女中が二人いた。一人で出かけることはないからこれは当然だろう。三人とも目を輝かせている。

「これは素晴らしいですね」

小夜が嬉しそうに言う。唇が光っているからもう使ったようだ。

これはシロだろう、と月は思う。抜け荷の部分は知っていたとしてもかどわかしについてはなにも知らないに違いない。

知っているにしては無邪気すぎる。

「これをお帰りのときにお持ちくださればありがたく存じます」

要が言うと、小夜は大きく頷いた。

「もちろん」

そう言ってから、少し表情を曇らせた。

「いや、伊村屋にも聞いてみなければな」

「もちろん伊村屋さんを通してでかまいません。あのお方とは親しいのですね」

要が言うと、小夜の表情がさらに曇った。

「そうですね。そう言ってもいいでしょう」

これはなにかある、と月は思う。罪の意識はないが利用されている意識はあるというところだろうか。

「気になることがあるのですか？」

月が訊く。

「一緒にいる侍の顔が嫌いです」

小夜がはっきりと言う。

これは重要なことだ。普通の人間ならともかく、大奥にいる人間である。女の園で相手の顔色を窺って生きている。

だから顔が嫌いというのは意味が重い。

「それは大事なことですね」

月は思わず身を乗り出した。

「顔の印象をおろそかにしてはなりません」

月の勢いに小夜は驚いたようだった。

「相手が少しでも信用できないなら、自分の背後に迷惑がかかるということを考えないといけません」

これは本当にそうだ。巻き込まれそう、というだけなら早く手を引いたほうがいい。

「そうかもしれませぬ」

よし、と月は思う。月の言葉をはねのけないところから見て、まだ間に合うようだ。

「なにか怪しいことを持ちかけられてはいませんか」

「伊村屋が大奥に売りたい物の中に、ご禁制の品があるようなのです」

小夜としては迷いがあったのだろう。

「ご禁制の品は大奥の中では人気もあるのですが、扱ったことがわかるとただではすみませんからね」

人気があるということは、それなりに流通しているのだろう。こんな品でも手に入るという力の誇示なのかもしれない。

「それは船でやってくるのですか?」

月が訊くと、小夜が頷いた。

「樽廻船らしいですよ。荷物を受け取って荷物で返すらしいです」

その「返し」の荷物が人間なのだろう。

かどわかしの話とここでつながった。

なかなかの人でなしっぷりだ。

「ご禁制となると奉行所も黙っていられないかもしれないですな」

　要が商人の風情を崩さないまま言う。

「それが、あの佐々木という男が侍なので奉行所は手出しできないというのです」

　たしかにそれもそうだ。

「そのうえ、なんでも賭場のつながりでかなり偉い筋にも知り合いがいて、ご禁制の品を扱っても平気なのはそのせいだそうですよ」

　たがが外れたのか、小夜は遠慮なく話しはじめる。

「わたくしはそろそろ奉公が終わるので、最後にあまり揉め事を起こしたくはないのです。穏便に済むならそれでいい」

「ではきっぱりと断ればいいのではないですか」

「なんだか襲われそうで怖くて」

　月は納得する。女の身である。武士に凄まれたら怖いだろう。力では抵抗しようがない。

　めらめらと殺意が湧いてくる。さっさと依頼が来ればいいと思う。

　そう思いつつも、もしかして小夜も狙われているのかもしれないと気付く。大奥に上がっている女中ならさぞ高値がつくだろう。

外国《とつくに》だけでなく国内でも好事家《こうずか》はいる。だとしたら決して安全でもない。

なんとか全員まとめて殺す場所があるといいのだが。

「とりあえず手を切る方法を考えましょう」

要がおっとりと言った。

「わたしのほうに伝手がありますからな」

「ありがとうございます」

小夜はほっとしたようだった。

「もし伊村屋さんに怪しげなところに誘われたら、こちらにも連絡をしてください」

月はそういうところもじ屋の場所を教えた。

「そうします」

小夜は安心した表情になった。

「では芝居に行ってまいります」

こんなときでも芝居には行きたいらしい。なかなかに神経は太い。

「さて、どうしようかな。ここから先は月は危ないだろう」

要が真顔で言った。

「そうですね。もう少し調べたら手を引きます」

これ以上踏み込むようだと要には知られてはいけない領域だ。家で大人しく待っているという体裁が必要だろう。

「しばらくはくろもじ屋さんにかくまってもらうことにします。家で一人というのも危ないですから」

「そうだな。そうするとよい」

これで家をあけていても言い訳が立つ。

月の経験からいって、かならず依頼が来るはずである。

そしてそれまではなにくわぬ顔をして伊村屋とつなぎを取ろうと思った。

「俺は奉行所で相談してくる」

要はそういうと出かけて行った。隠密廻りは定廻りと違って毎朝奉行所に行く必要はない。要が律儀なのである。

要を見送ると、月はどうするか、と考えた。

伊村屋と佐々木のどちらと会うのがより危険なのかである。かどわかしとなるとやはり佐々木だろう。

商人はあまり乱暴なことはやりたがらないからである。

それにしてもかどわかした人間をどこに閉じ込めているのか。武家屋敷なら場所はあるが船までは運べないだろう。

だとすると船倉である。

しかし船倉に多くの人間を捕えておくのは限界がある。ここ数日で船が出てしまうのではないかと思われた。

だとすると月に声をかけてくるのも早いかもしれない。

月は見た目はいかにもか弱いから、簡単に捕えられると思うはずだ。

ここで会うことにするか。

そう思うと、佐々木に手紙を書く。届け先は聞いてあるから、この宿にいると伝えてもらうことにした。

手紙というのは、なにも本人の家に届くだけではない。内緒の連絡があるから、手紙の仲介人がそこら中にいる。

有名なのは吉原だが、柳橋にも深川にもいる。

芸者などは女房にばれないために男の名を使って文をやりとりする。芸者の権兵衛名は、名無しの権兵衛からとっているのである。

佐々木は料亭「はなのや」を仲介にしていた。

手紙を出すと、夕方近くなって佐々木が現れた。

時間がかかったのはいろいろ相談してきたからだろう。

「こんにちは」

月が挨拶すると、佐々木が大物ぶった様子で頷く。

「絵双六がご要望か」

「はい」

「安全な賭場とすると船の上になるがよろしいか」

「かまいません」

月は頷いた。

船ということはさっさと月をかどわかすつもりらしい。だとすると船が出るのはもう今夜か明日かもしれない。

こちらとしても早く決着したほうが要にはばれにくい。

佐々木を見ていると、こんな奴は死んでしまったほうがいい、と心から思えた。

月をかどわかしても何とも思わないのだろう。最初どう思ったかはともかく、いまではすっかり味をしめているに違いない。

「では夜半に駕籠《かご》にて」

どうやら人に見られたくないらしい。

佐々木の前では誰かにことづてを頼むこともできない。

夜空に月が出るころあいになると、目隠しを渡された。

「一応用心のためにこれをなさってください」

場所を知られないためだろう。

それにしても駕籠がひどく揺れる。もぐりの駕籠のようだ。駕籠は幕府の許認可事業だから、悪だくみのために使うのは難しい。

認可を取り消されたくないのですぐに番屋に報告が行くのだ。それに江戸の駕籠は百までと数も決まっている。

だからもぐりだろう。走るのが下手すぎて酔いそうだ。

我慢していると、やっと止まってくれた。

駕籠から降りると船着場であった。夜だけに場所がどこなのかはわからない。少し大きめの屋形船であった。

中に乗り込むと、座敷がしつらえてあって、普通の料亭と同じ雰囲気であった。

男が四人。博打場を立てるためにいる。

胴元が一人。壺振《つぼふ》りが一人。丁半《ちょうはん》博打のようである。

客は月を入れて八人。女が二人。男が六人である。男たちは全員裕福な旦那衆という様子である。

月以外はここに慣れているようであった。

壺振りも、サイコロの目があやつれる男を使っているに違いない。

もちろん負けてさらわれるのが月の役目である。そうでないとさらわれた女たちの所にたどりつけないからだ。

ただ、博打好きというからにはそれなりの負け方はある。負けに来ているのかというような形はよくない。

もっとも月は博打に慣れているわけではないから、放っておいても負けてしまうには違いないが。

「どうぞ」

酒と料理が運ばれてくる。どうやら気持ちよくさせて負けさせるつもりらしい。料理は鰻であった。味噌で豆腐と一緒に煮込んである。

「お酒はいりません」

月は酒は断った。かわりにお茶をもらう。

客はてんでに飲みはじめた。

「あなたはどこから来られたんですか」

女の客に声をかけられた。

「人形町のほうです」

答える。楓の店の近くだ。だから少しはわかる。

「名前は？」

「桜《さくら》です」

ここは偽名を言っておこうと思う。わざわざ本名を言う必要はない。

「そうなんだ。わたしは玉《たま》。よろしく」

玉は月におちょこを渡してきた。

「お近づきに」

「飲めないんです」

そう断ると、玉はやや不満そうな表情になった。

しかしここで飲むわけにもいかない。

しばらくすると胴元が木の札を回してきた。

「コマです、一枚が一両になります」

そう言って二十枚渡してくる。

これで要の二年分の給金だ。馬鹿馬鹿しい遊びだ、と思う。

「さあさあ。張った張った」

声がかかる。丁か半かに賭けるということだ。

「半」

言いながらコマを五枚置く。

もしイカサマならこれは勝てるはずだ。まず勝たせてからはぎとるだろう。

他の客もてんでに賭ける。

「半」

月の前にコマが集まる。丁半は単純な博打だ。サイコロの目が丁か半かに賭ける。

負けた側のコマが勝った側に集まるという仕組みだ。

勝ったときは勝ち分のうちの五分を寺銭《てらせん》として胴元に払う。これが胴元の儲けである。

しばらく勝った負けたを繰り返していたが、だんだんと月の負けが込んできた。賭けたのとは逆の目が出るのである。

「コマを追加してください」

月は熱くなった風情でコマを追加する。

しばらくして、月の負けは百両を超えていた。

「ここらで一回払っていただきましょう」

胴元が笑顔で言った。

「さすがに百両は持っていません」

「それは困りましたね」

笑顔の中に凄みをきかせて胴元が言った。

「家に戻ればありますから」

月が言うのに、胴元は首を横に振った。

「博打の負けは即払いですよ」

「でもいまはないのです」

「それなら」

胴元が言葉を切った。

「体で払ってもらいます」

賭場にいた男たちが立ち上がって月を押さえつける。

こんな回りくどいことをしなくてもいきなり押さえつければいいのではないだろうか。

そう考えてから客を見る。

客が楽しそうに月を見ていた。

なるほど。月を値踏みしていたというわけだ。あとで楽しもうという腹か。

下衆め、と思う。

部屋の中に、佐々木と伊村屋が入ってきた。佐々木は好色そうな笑みを浮かべている。

「ずいぶん負けましたね」

伊村屋が言う。

「わたくしをかどわかしたら紅は手に入りませんよ」

月が言うと、伊村屋は首を横に振った。

「あなたがいなくなっても店がなくなるわけではないでしょう。平気です」

女のことはただの人形だと思っているような表情だった。

ここで抵抗しても仕方ない。

月は大人しくさらわれることにした。屋形船を降りたあと、どこかに移されるようだ。

目隠しのまま手を引かれて歩いていく。

別の船らしきものに乗り、立ち止まる。

目隠しをとると、そこは船倉だった。

とらわれた女たちが十人いる。といってもほとんどが少女だ。十歳から十五歳というところか。男が四人見張っていた。

女たちの中に、甘酒屋の椿がいた。

「お姉さん」

椿が驚いたように目を見開いた。

「ここにいたのね。よかった」

月はほっとする。他の人にかどわかされていたのならもう見つからないからだ。

「どうしてここに？」

「多分かどわかされたのよ」

月は笑顔を見せる。

「年頃の女は珍しいな」

男の一人が嬉しそうな声を出した。

「俺たちにもおすそわけがあるのかな」

言葉を聞いているだけで気分が悪い。しかし依頼もないのにこいつらを殺す意味もない。襲われたらどうしたらいいのだろう。

「これはかどわかされた、ということでよろしいですか？」

月が尋ねると、男たちは面白そうに笑った。

「これを見てわからないのかい」

馬鹿にしたように言われる。

酒樽を積む船倉に人間も積んだらしい。ここなら声を出しても外には聞こえないだろう。

「これでは助けも呼べないですね」

月が辺りを見回す。

「おうよ。姉ちゃんがどう叫んでも誰も来ないさ」

男たちが笑う。

全くだ。それこそ月にとっては好都合である。くろもじ屋がここの場所をうまく突き止めて依頼してくれるといいのだが。

「この子たちに乱暴はしてないでしょうね」

「そいつらはガキすぎる」

男たちがつまらなそうに言った。

「それはよかったです」

月が言うと、男たちはまた面白そうに笑った。

「だけど姉ちゃんとは遊んでみたいな」

そのとき。

「すいません」

上から声がした。

一人の男が降りてくる。くろもじ屋の丁稚であった。

「誰でえ。お前は」

男が驚いた声を出す。

「そちらの女性に手紙です」

「どうやってここがわかったんだ」

別の男が叫ぶように言った。

「蛇《じゃ》の道は蛇《へび》って言葉を知らないんですか？」

丁稚は当たり前のように言うと、月の目の前に来た。手紙を渡してくる。

くろもじ屋からの手紙であった。

今回の頭目の佐々木一郎左衛門とその一味、三途の川を渡す依頼を受け申し候、と書いてある。これでやっと殺すことができる。

月はほっとした。

女たちを捕えている見張りは四人。これに佐々木と、伊村屋。合計で六人だ。まずは見張りの四人を殺して二人が帰るのを待とう。

「なんの手紙だ」

男の一人が近寄ってくる。

「客を取ってもいい、という手紙ですよ」

月はあっさりと言う。

「あの」

月は男たちに声をかけた。

「なんだ」

「待ってる間にいいことはしないのですか？」

月の言葉に男たちは顔を見合わせた。

「わたくしみたいに若い娘が目の前にいたらその気になるのではないですか？」

そう言って右手を出す。

「一人一分でいいですよ？」

男たちが生唾《なまつば》を飲んで月を見るのがわかる。自慢ではないが月は美人である。要に対して弱いだけで、殺し屋としての色気の使い方は心得ている。

「そのかわり優しくしてくださいね」

笑顔を見せると、男たちから警戒の表情が消えた。人数は相手が四人。こちらは一人な上に月の後ろにも女と丁稚しかいない。

楽しんでもいいだろう、という顔になる。

四人が近寄ってくるのを静かに待つ。殺気は禁物だ。敏感な相手がいるとわかってしまう。

簪を抜いて髪の毛を前にたらした。

男はこのたらし髪というものが大好きで、髪の毛のほうに目をやるものだ。

「俺からでいいか」

先頭の男が後ろを向いた。

その瞬間。喉元《のど》の、顎の奥にあたる部分に簪を刺す。ここを刺されたら必ず死ぬ。

ここはある種のツボで、舌が丸まって喉に詰まるのである。

後ろの三人はなにが起こったのかわからないようだ。

月は歩いて三人の前に出る。素早く動きすぎると相手がかえって反応してしまう。

だから散歩でもするような歩みがいい。

まったく殺意を出さないと、自分が殺されたということにも気がつけないものだ。

四人ともあっけなく地面に横たわった。

「手伝っていただけますか？」

女たちに声をかけると、全員びくびくしながらも手伝ってくれた。死体を触るのが気持ち悪いのはわかるが、片付けはしないとである。

しばらくして佐々木と伊村屋が戻ってくる足音がした。

自分から迎えに出る。死体の匂いはきついから、わかってしまいそうだ。

「おかえりなさい」

わざと着物の裾《すそ》を少しはだけさせて出る。

髪もたらしたままだ。

二人とも月の様子にぎょっとしたようだった。

「どうしたのだ？」

佐々木が声をかけてくる。

「楽しまれてしまいました」

悲しげに言うと、佐々木が舌を鳴らした。

「先走るなと言ったのに」

下に降りようとする。

「三途の川を楽しんでます」

そういうと、やはり簪を喉に突き立てた。

伊村屋だけが残った。

腰が抜けたのか、床にへたり込んでいる。

「あら。怖いのかしら」

月が声をかけると、伊村屋が震える声を出した。

「決まっているだろう。なんなんだ、お前は」

「三途の川の渡し守というところでしょうか。あなたのような人はいなくなった方がいいですよね」

「待て。俺が悪かった。改心する」

伊村屋の唇は紫色である。本気で怯えているようだ。

「あら。いまさら改心するんですね」

月が笑顔を作ると、伊村屋もひきつった笑みを浮かべた。

「金も返す。そうだ。出家する」

「よほど死にたくないんですね」

「死にたくない」

「でも駄目です」

月がいうと、伊村屋は泣きそうな顔をした。

「なぜだ？」

「だって。お金もらって引き受けた殺しですから」

そういうと月はにっこりと笑った。

「これでも仕事なんですよ」

月の最後の言葉が伊村屋に届いたかはわからない。だが死んだことだけは間違いなかった。

とらえられていた女たちを助けると、月はしっかりと口止めをした。

そして今回の一件は終わったのだった。

「全員死んで終わりだとよ。誰かが口封じをしたようだな」

要が真面目な顔でいう。

事件が終わって三日後。奉行所で手続きをすませた要が不満そうに言った。

「一人くらい捕まえたかったですか？」

月が言うと、要は少し決まり悪そうな顔になった。

「いや。捕まえたらそれはそれでさまざまな人に迷惑がかかる。死んでくれた方がよかったかもしれないな」

杓子定規《しゃくしじょうぎ》に考えるつもりはないらしい。

「隠密廻りとしては江戸の平和が大切なので、犯人を捕まえるのが大切なわけではない。ただ」

「ただ?」

「どんな奴が殺したのかな」

そういって要はため息をついた。

「ああいう男がいると江戸も平和だな」

どうやら要は殺した犯人を男だと思っているらしい。女の殺し屋は想像しにくいのかもしれない。

「要さんは殺し屋の味方ですか?」

「味方でもないが敵でもない。まあ、やる奴だな、という感じだよ」

要は大きくのびをした。

「でも一度くらい会ってみたいな」

「なぜですか？」

「どうやってあれを見つけ出して殺したのか聞いてみたい」

「会えるといいですね」

言いながら少し楽しくなる。

だが、決して言うわけにはいかないのだ。

殺し屋なのは、内緒だから。

くろもじ屋の奥の部屋には、くろもじ屋がひとりで座っていた。

手には手紙を持っている。

柔和な顔をしているが、顔の皮膚だけで笑っていて、目は笑っていない。

「仕事です」

「はい」

くろもじ屋から手紙を渡される。そのときはいつも背筋が伸びるような気持ちになる。

手紙には、旗本にゆすられて屋敷をとられて、もう死ぬしかない、という内容が書いてあった。

「商家の乗っ取りですか」

「はい。武家ゆえ奉行所もなかなか手を出せません」

くろもじ屋の表情はいつも通りだ。

「やらなくてもいいのですよ」

くろもじ屋が訊いてくる。

「なぜですか？」

「あなたももう人の妻だ。普通に幸せになってもいいのです」

どうやらくろもじ屋なりに気を使っているらしい。

「問題ありません。それはそれです」

月はきっぱりと答えた。

人殺しを好きと思ったことも嫌いと思ったこともなかった。

だが要と触れあって感情のやりとりをして思ったことがある。

自分は人殺しという仕事を案外好きらしい。

殺し屋にしか裁けない悪はたしかにあるからだ。

「報酬は一両です」

「かしこまりました」

これは要のために美味しいものを作ろう。

鯛を買うと目立つから鰯《いわし》で。

そう思いながら、金を受け取る。

「足を洗わなくていいのですか？」

くろもじ屋がかさねて訊いてきた。

「はい。だってわたくし、殺し屋ですから」

幸せは、人を殺す気にさせる。

それが月の家庭生活なのだから。

○主な参考文献

江戸切絵図と東京名所絵　白石つとむ編　小学館
日本橋駿河町由来記　駿河不動産株式会社
江戸・町づくし稿（上・中・下・別巻）　岸井良衞　青蛙房
江戸買物独案内
江戸年中行事　三田村鳶魚編　朝倉治彦校訂　中公文庫
江戸生業物価事典　三好一光編　青蛙房

本書は文庫書下ろし作品です。

|著者|神楽坂 淳　1966年広島県生まれ。作家であり漫画原作者。多くの文献に当たって時代考証を重ね、豊富な情報を盛り込んだ作風を持ち味にしている。小説に『大正野球娘。』『三国志』『うちの旦那が甘ちゃんで』『金四郎の妻ですが』『捕り物に姉が口を出してきます』『うちの宿六が十手持ちですみません』『帰蝶さまがヤバい』『ありんす国の料理人』『あやかし長屋　嫁は猫又』『恋文屋さんのごほうび酒』『七代目銭形平次の嫁なんです』『醤油と洋食』などがある。

夫《おっと》には　殺《ころ》し屋《や》なのは内緒《ないしょ》です

神楽坂《かぐらざか》 淳《あつし》

2023年10月13日第1刷発行
2024年9月10日第5刷発行

講談社文庫
定価はカバーに
表示してあります

発行者——森田浩章
発行所——株式会社　講談社
東京都文京区音羽2-12-21　〒112-8001
電話　出版（03）5395-3510
販売（03）5395-5817
業務（03）5395-3615

KODANSHA

デザイン—菊地信義
本文データ制作—講談社デジタル製作
印刷———株式会社KPSプロダクツ
製本———株式会社KPSプロダクツ

Printed in Japan

ISBN978-4-06-533475-1

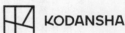

講談社文庫刊行の辞

二十一世紀の到来を目睫に望みながら、われわれはいま、人類史上かつて例を見ない巨大な転換期をむかえようとしている。

世界も、日本も、激動の予兆に対する期待とおののきを内に蔵して、未知の時代に歩み入ろうとしている。このときにあたり、創業の人野間清治の「ナショナル・エデュケイター」への志を現代に甦らせようと意図して、われわれはここに古今の文芸作品はいうまでもなく、ひろく人文・社会・自然の諸科学から東西の名著を網羅する、新しい綜合文庫の発刊を決意した。

激動の転換期はまた断絶の時代である。われわれは戦後二十五年間の出版文化のありかたへの深い反省をこめて、この断絶の時代にあえて人間的な持続を求めようとする。いたずらに浮薄な商業主義のあだ花を追い求めることなく、長期にわたって良書に生命をあたえようとつとめるところにしか、今後の出版文化の真の繁栄はあり得ないと信じるからである。

同時にわれわれはこの綜合文庫の刊行を通じて、人文・社会・自然の諸科学が、結局人間の学にほかならないことを立証しようと願っている。かつて知識とは、「汝自身を知る」ことにつきていた。現代社会の瑣末な情報の氾濫のなかから、力強い知識の源泉を掘り起し、技術文明のただなかに、生きた人間の姿を復活させること。それこそわれわれの切なる希求である。

われわれは権威に盲従せず、俗流に媚びることなく、渾然一体となって日本の「草の根」をかたちづくる若く新しい世代の人々に、心をこめてこの新しい綜合文庫をおくり届けたい。それは知識の泉であるとともに感受性のふるさとであり、もっとも有機的に組織され、社会に開かれた万人のための大学をめざしている。大方の支援と協力を衷心より切望してやまない。

一九七一年七月

野間省一

川内有緒　晴れたら空に骨まいて
柏井　壽《ひさし》　月岡サヨの小鍋茶屋〈京都四条〉
神永　学　悪魔と呼ばれた男
神永　学　悪魔を殺した男
神永　学　青　の　呪　い〈心霊探偵八雲〉
神永　学　心霊探偵八雲 INITIAL FILE〈魂の素数〉
神永　学　心霊探偵八雲 INITIAL FILE〈幽霊の定理〉
神永　学　心霊探偵八雲1　完全版〈赤い瞳は知っている〉
神津凛子　スイート・マイホーム
神津凛子　マ　マ
神津凛子　サイレント　黙認
加茂隆康　密告の件、Ｍへ
柿原朋哉　匿《とく》　名《めい》
川和田恵真　マイスモールランド
岸本英夫　死を見つめる心〈ガンとたたかった十年間〉
北方謙三　試　み　の　地　平　線〈伝説復活編〉
北方謙三　抱　影
菊地秀行　魔界医師メフィスト〈怪屋敷〉
桐野夏生　新装版 顔に降りかかる雨
桐野夏生　新装版 天使に見捨てられた夜
桐野夏生　新装版 ローズガーデン
桐野夏生　ＯＵＴ　(上)(下)
桐野夏生　ダ　ー　ク　(上)(下)
桐野夏生　猿の見る夢
京極夏彦　文庫版 姑獲鳥《うぶめ》の夏
京極夏彦　文庫版 魍魎《もうりょう》の匣《はこ》
京極夏彦　文庫版 狂骨《きょうこつ》の夢《ゆめ》
京極夏彦　文庫版 鉄鼠《てっそ》の檻《おり》
京極夏彦　文庫版 絡新婦《じょろうぐも》の理《ことわり》
京極夏彦　文庫版 塗仏《ぬりぼとけ》の宴《うたげ》—宴の支度
京極夏彦　文庫版 塗仏の宴—宴の始末
京極夏彦　文庫版 百鬼夜行—陰
京極夏彦　文庫版 百器徒然袋—雨
京極夏彦　文庫版 百器徒然袋—風
京極夏彦　文庫版 今昔続百鬼—雲
京極夏彦　文庫版 陰摩羅鬼《おんもらき》の瑕《きず》
京極夏彦　文庫版 邪魅《じゃみ》の雫
京極夏彦　文庫版 今昔百鬼拾遺—月
京極夏彦　文庫版 死ねばいいのに
京極夏彦　文庫版 ルー＝ガルー〈忌避すべき狼〉
京極夏彦　文庫版 ルー＝ガルー2〈インクブス×スクブス 相容れぬ夢魔〉
京極夏彦　文庫版 地獄の楽しみ方
京極夏彦　分冊文庫版 姑獲鳥《うぶめ》の夏 (上)(下)
京極夏彦　分冊文庫版 魍魎《もうりょう》の匣《はこ》 (上)(中)(下)
京極夏彦　分冊文庫版 狂骨《きょうこつ》の夢《ゆめ》 (上)(中)(下)
京極夏彦　分冊文庫版 鉄鼠《てっそ》の檻《おり》 全四巻
京極夏彦　分冊文庫版 絡新婦《じょろうぐも》の理《ことわり》 全四巻
京極夏彦　分冊文庫版 塗仏《ぬりぼとけ》の宴《うたげ》　宴の支度《したく》 (上)(中)(下)
京極夏彦　分冊文庫版 塗仏《ぬりぼとけ》の宴《うたげ》　宴の始末《しまつ》 (上)(中)(下)
京極夏彦　分冊文庫版 陰摩羅鬼《おんもらき》の瑕《きず》 (上)(中)(下)
京極夏彦　分冊文庫版 邪魅《じゃみ》の雫 (上)(中)(下)
京極夏彦　分冊文庫版 ルー＝ガルー〈忌避すべき狼〉(上)(下)
京極夏彦　分冊文庫版 ルー＝ガルー2〈インクブス×スクブス 相容れぬ夢魔〉(上)(下)
北森　鴻　親不孝通りラプソディー
北森　鴻　花の下にて春死なむ〈香菜里屋シリーズ1〈新装版〉〉
北森　鴻　桜　宵〈香菜里屋シリーズ2〈新装版〉〉
北森　鴻　螢　坂〈香菜里屋シリーズ3〈新装版〉〉

講談社文庫　目録

講談社文庫　目録

ごとうしのぶ　いばらの冠〈ブラス・セッション・ラヴァーズ〉
ごとうしのぶ　卒業
古泉迦十　火蛾
小《こ》池《いけ》水《みず》音《ね》　〈小説〉こんにちは、母さん
講談社校閲部　〈熟練校閲者が教える〉間違えやすい日本語実例集
佐藤さとる　〈コロボックル物語①〉だれも知らない小さな国
佐藤さとる　〈コロボックル物語②〉豆つぶほどの小さないぬ
佐藤さとる　〈コロボックル物語③〉星からおちた小さなひと
佐藤さとる　〈コロボックル物語④〉ふしぎな目をした男の子
佐藤さとる　〈コロボックル物語⑤〉小さな国のつづきの話
佐藤さとる　〈コロボックル物語⑥〉コロボックルむかしむかし
佐藤さとる　天狗童子
佐藤さとる 絵/村上 勉　わんぱく天国
佐藤愛子　新装版戦いすんで日が暮れて
佐木隆三　慟哭〈小説・林郁夫裁判〉
佐木隆三　身分帳
佐高　信　石原莞爾その虚飾
佐高　信　わたしを変えた百冊の本
佐高　信　新装版逆命利君

佐藤雅美　ちよの負けん気、実の父親〈物書同心居眠り紋蔵〉
佐藤雅美　へこたれない人〈物書同心居眠り紋蔵〉
佐藤雅美　わけあり師匠事《こと》の顚末〈物書同心居眠り紋蔵〉
佐藤雅美　御奉行の頭の火照《ほて》り〈物書同心居眠り紋蔵〉
佐藤雅美　敵《かたき》討ちか主殺しか〈物書同心居眠り紋蔵〉
佐藤雅美　江戸繁昌記〈寺門静軒無聊伝〉
佐藤雅美　青雲遥かに〈大内俊助の生涯〉
佐藤雅美　悪足掻《あが》きの跡始末厄介弥三郎
佐藤雅美　恵比寿屋喜兵衛手控え〈新装版〉
酒井順子　負け犬の遠吠え
酒井順子　朝からスキャンダル
酒井順子　忘れる女、忘れられる女
酒井順子　次の人、どうぞ！
酒井順子　ガラスの50代
佐野洋子　嘘ばっか〈新釈・世界おとぎ話〉
佐野洋子　コッコロから
佐川芳枝　寿司屋のかみさん　サヨナラ大将
笹生陽子　ぼくらのサイテーの夏
笹生陽子　きのう、火星に行った。

笹生陽子　世界がぼくを笑っても
沢木耕太郎　一号線を北上せよ〈ヴェトナム街道編〉
佐藤多佳子　一瞬の風になれ　全三巻
佐藤多佳子　いつの空にも星が出ていた
笹本稜平　駐在刑事
笹本稜平　駐在刑事　尾根を渡る風
西條奈加　世直し小町りんりん
西條奈加　まるまるの毬《いが》
西條奈加　亥《いの》子《こ》ころころ
佐伯チズ　改訂完全版　佐伯チズ式「完全美肌バイブル」〈123の肌悩みにズバリ回答！〉
斉藤　洋　ルドルフとイッパイアッテナ
斉藤　洋　ルドルフともだちひとりだち
佐々木裕一　公家武者信《のぶ》平《ひら》〈消えた狐丸〉
佐々木裕一　逃げた名馬〈公家武者　信平㈡〉
佐々木裕一　比叡山の鬼〈公家武者　信平㈢〉
佐々木裕一　公《く》卿《ぎょう》の罠《わな》〈公家武者　信平㈣〉
佐々木裕一　狙われた旗本〈公家武者　信平㈤〉
佐々木裕一　赤い刀身〈公家武者　信平㈥〉
佐々木裕一　帝《みかど》の刀《とう》匠《しょう》〈公家武者　信平㈦〉

佐々木裕一 若君の覚悟〈公家武者 信平(八)〉
佐々木裕一 くもの頭領〈公家武者 信平(九)〉
佐々木裕一 宮中の誘い〈公家武者 信平(十)〉
佐々木裕一 雲雀《ひばり》の太刀〈公家武者 信平(十一)〉
佐々木裕一 決着の鬨《とき》〈公家武者 信平(十二)〉
佐々木裕一 姉妹の絆〈公家武者 信平(十三)〉
佐々木裕一 町くらべ〈公家武者 信平(十四)〉
佐々木裕一 狐のちょうちん〈公家武者信平ことはじめ(一)〉
佐々木裕一 姫のため息〈公家武者信平ことはじめ(二)〉
佐々木裕一 四谷の弁慶〈公家武者信平ことはじめ(三)〉
佐々木裕一 暴れ公卿〈公家武者信平ことはじめ(四)〉
佐々木裕一 千石の夢〈公家武者信平ことはじめ(五)〉
佐々木裕一 妖《あや》し火〈公家武者信平ことはじめ(六)〉
佐々木裕一 十万石の誘い〈公家武者信平ことはじめ(七)〉
佐々木裕一 黄《よ》泉《み》の女〈公家武者信平ことはじめ(八)〉
佐々木裕一 将軍の宴〈公家武者信平ことはじめ(九)〉
佐々木裕一 宮中の華〈公家武者信平ことはじめ(十)〉
佐々木裕一 乱れ坊主〈公家武者信平ことはじめ(十一)〉
佐々木裕一 領地の乱〈公家武者信平ことはじめ(十二)〉

佐々木裕一 赤坂の達磨《だるま》〈公家武者信平ことはじめ(十三)〉
佐々木裕一 将軍の首〈公家武者信平ことはじめ(十四)〉
佐々木裕一 魔《ま》眼《がん》の光〈公家武者信平ことはじめ(十五)〉
佐々木裕一 暁の火花〈公家武者信平ことはじめ(十六)〉
佐藤 究《きわむ》 QJKJQ
佐藤 究 Ank : 〈a mirroring ape〉
佐藤 究 サージウスの死神
佐野 晶 / 三田紀房・原作 小説アルキメデスの大戦
澤村伊智 恐怖小説キリカ
さいとう・たかを / 戸川猪佐武 原作 歴史劇画 大宰相〈第一巻 吉田茂の闘争〉
さいとう・たかを / 戸川猪佐武 原作 歴史劇画 大宰相〈第二巻 鳩山一郎の悲運〉
さいとう・たかを / 戸川猪佐武 原作 歴史劇画 大宰相〈第三巻 岸信介の強腕〉
さいとう・たかを / 戸川猪佐武 原作 歴史劇画 大宰相〈第四巻 池田勇人と佐藤栄作の激突〉
さいとう・たかを / 戸川猪佐武 原作 歴史劇画 大宰相〈第五巻 田中角栄の革命〉
さいとう・たかを / 戸川猪佐武 原作 歴史劇画 大宰相〈第六巻 三木武夫の挑戦〉
さいとう・たかを / 戸川猪佐武 原作 歴史劇画 大宰相〈第七巻 福田赳夫の復讐〉
さいとう・たかを / 戸川猪佐武 原作 歴史劇画 大宰相〈第八巻 大平正芳の決断〉
さいとう・たかを / 戸川猪佐武 原作 歴史劇画 大宰相〈第九巻 鈴木善幸の苦悩〉
さいとう・たかを / 戸川猪佐武 原作 歴史劇画 大宰相〈第十巻 中曽根康弘の野望〉

佐藤 優 人生の役に立つ聖書の名言
佐藤 優 戦時下の外交官〈ナチス・ドイツの崩壊を目撃した吉野文六〉
佐藤 優 人生のサバイバル力
斉藤詠一 到達不能極
斉藤詠一 クメールの瞳
佐々木 実 竹中平蔵 市場と権力 「改革」に憑かれた経済学者の肖像
斎藤千輪 神楽坂つきみ茶屋〈禁断の盃《さかずき》と絶品江戸レシピ〉
斎藤千輪 神楽坂つきみ茶屋2〈突然のピンチと喜寿の祝い膳〉
斎藤千輪 神楽坂つきみ茶屋3〈想い人に捧げる鍋料理〉
斎藤千輪 神楽坂つきみ茶屋4〈頂上決戦の七夕料理〉
作画 蔡志忠 / 訳 和田武司 / 監修 野末陳平 マンガ 孔子の思想
作画 蔡志忠 / 訳 和田武司 / 監修 野末陳平 マンガ 老荘の思想
作画 蔡志忠 / 訳 和田武司 / 監修 野末陳平 マンガ 孫子・韓非子の思想
佐野広実 わたしが消える
紗倉まな 春、死なん
桜木紫乃 凍原
桜木紫乃 氷の轍
司馬遼太郎 新装版 播磨灘物語 全四冊
司馬遼太郎 新装版 箱根の坂(上)(中)(下)

司馬遼太郎 新装版アームストロング砲
司馬遼太郎 新装版歳月(上)(下)
司馬遼太郎 新装版おれは権現
司馬遼太郎 新装版大坂侍
司馬遼太郎 新装版北斗の人(上)(下)
司馬遼太郎 新装版軍師二人
司馬遼太郎 新装版真説宮本武蔵
司馬遼太郎 新装版最後の伊賀者
司馬遼太郎 新装版俄(上)(下)
司馬遼太郎 新装版尻啖え孫市(上)(下)
司馬遼太郎 新装版王城の護衛者
司馬遼太郎 新装版妖怪(上)(下)
司馬遼太郎 新装版風の武士(上)(下)
司馬遼太郎 戦雲の夢〈レジェンド歴史時代小説〉
司馬遼太郎 海音寺潮五郎 新装版日本歴史を点検する
司馬遼太郎 井上ひさし 新装版国家・宗教・日本人
司馬遼太郎 陳舜臣 金達寿 新装版歴史の交差路にて〈日本・中国・朝鮮〉
柴田錬三郎 お江戸日本橋(上)(下)
柴田錬三郎 貧乏同心御用帳
柴田錬三郎 新装版岡っ引どぶ〈柴錬捕物帖〉
柴田錬三郎 新装版顔十郎罷り通る(上)(下)
島田荘司 御手洗潔の挨拶
島田荘司 御手洗潔のダンス
島田荘司 水晶のピラミッド
島田荘司 眩暈(めまい)
島田荘司 アトポス
島田荘司 異邦の騎士〈改訂完全版〉
島田荘司 御手洗潔のメロディ
島田荘司 Ｐの密室
島田荘司 ネジ式ザゼツキー
島田荘司 都市のトパーズ2007
島田荘司 21世紀本格宣言
島田荘司 帝都衛星軌道
島田荘司 ＵＦＯ大通り
島田荘司 リベルタスの寓話
島田荘司 透明人間の納屋
島田荘司 占星術殺人事件〈改訂完全版〉
島田荘司 斜め屋敷の犯罪〈改訂完全版〉
島田荘司 星籠《せいろ》の海(上)(下)
島田荘司 屋上
島田荘司 名探偵傑作短篇集 御手洗潔篇
島田荘司 火刑都市〈改訂完全版〉
島田荘司 暗闇坂の人喰いの木〈改訂完全版〉
島田荘司 網走発遙かなり〈改訂完全版〉
清水義範 蕎麦《そば》ときしめん
清水義範 国語入試問題必勝法〈新装版〉
椎名誠 にっぽん・海風魚旅〈怪し火さすらい編〉
椎名誠 大漁旗ぶるぶる乱風編〈にっぽん・海風魚旅4〉
椎名誠 南シナ海ドラゴン編〈にっぽん・海風魚旅5〉
椎名誠 風のまつり
椎名誠 ナマコ
椎名誠 埠頭三角暗闇市場
真保裕一 取引
真保裕一 震源
真保裕一 盗聴
真保裕一 朽ちた樹々の枝の下で
真保裕一 奪取(上)(下)

真保裕一　防壁
真保裕一　密告
真保裕一　黄金の島（上）（下）
真保裕一　発火点
真保裕一　夢の工房
真保裕一　灰色の北壁
真保裕一　覇王の番人（上）（下）
真保裕一　デパートへ行こう！
真保裕一　アマルフィ〈外交官シリーズ〉
真保裕一　天使の報酬〈外交官シリーズ〉
真保裕一　アンダルシア〈外交官シリーズ〉
真保裕一　ダイスをころがせ！（上）（下）
真保裕一　天魔ゆく空（上）（下）
真保裕一　ローカル線で行こう！
真保裕一　遊園地に行こう！
真保裕一　オリンピックへ行こう！
真保裕一　連鎖〈新装版〉
真保裕一　暗闇のアリア
真保裕一　ダーク・ブルー

篠田節子　弥勒
篠田節子　転生
篠田節子　竜と流木
重松清　定年ゴジラ
重松清　半パン・デイズ
重松清　流星ワゴン
重松清　ニッポンの単身赴任
重松清　愛妻日記
重松清　青春夜明け前
重松清　カシオペアの丘で（上）（下）
重松清　永遠《とわ》を旅する者〈ロストオデッセイ　千年の夢〉
重松清　かあちゃん
重松清　十字架
重松清　峠うどん物語（上）（下）
重松清　希望ヶ丘の人びと（上）（下）
重松清　赤ヘル１９７５
重松清　なぎさの媚薬（上）（下）
重松清　さすらい猫ノアの伝説
重松清　ルビィ

重松清　どんまい
重松清　旧友再会
新野剛志　美しい家
新野剛志　明日の色
殊能将之　ハサミ男
殊能将之　鏡の中は日曜日
殊能将之　殊能将之　未発表短篇集
首藤瓜於　事故係生稲昇太の多感
首藤瓜於　脳男　新装版
首藤瓜於　ブックキーパー　脳男（上）（下）
島本理生　シルエット
島本理生　リトル・バイ・リトル
島本理生　生まれる森
島本理生　七緒のために
島本理生　夜はおしまい
小路幸也　高く遠く空へ歌ううた
小路幸也　空へ向かう花
小説　小路幸也　原案　山田洋次　平松恵美子　家族はつらいよ
小説　小路幸也　原作・脚本　山田洋次　脚本　平松恵美子　家族はつらいよ2

講談社文庫　目録

仙川　環　偽装診療〈医者探偵・宇賀神晃〉
瀬木比呂志　黒い巨塔〈最高裁判所〉
瀬那和章　今日も君は、約束の旅に出る
瀬那和章　パンダより恋が苦手な私たち
瀬那和章　パンダより恋が苦手な私たち2
蘇部健一　六枚のとんかつ
蘇部健一　六とん2
蘇部健一　届かぬ想い
曽根圭介　沈底魚
曽根圭介　藁《わら》にもすがる獣たち
田辺聖子　ひねくれ一茶
田辺聖子　愛の幻滅(上)(下)
田辺聖子　うたかた
田辺聖子　春情蛸の足
田辺聖子　蝶花嬉遊図
田辺聖子　言い寄る
田辺聖子　私的生活
田辺聖子　苺をつぶしながら
田辺聖子　不機嫌な恋人

田辺聖子　女の日時計
谷川俊太郎訳　和田誠絵　マザー・グース　全四冊
立花　隆　中核VS革マル(上)(下)
立花　隆　日本共産党の研究　全三冊
立花　隆　青春漂流
高杉　良　労働貴族
高杉　良　広報室沈黙す(上)(下)
高杉　良　炎の経営者(上)(下)
高杉　良　小説　日本興業銀行　全五冊
高杉　良　社長の器
高杉　良　その人事に異議あり〈女性広報主任のジレンマ〉
高杉　良　人事権！
高杉　良　小説消費者金融〈クレジット社会の罠〉
高杉　良　小説　新巨大証券(上)(下)
高杉　良　局長罷免―小説通産省
高杉　良　首魁《しゅかい》の宴《うたげ》〈政官財腐敗の構図〉
高杉　良　指名解雇
高杉　良　燃ゆるとき
高杉　良　銀行大合併〈短編小説全集(上)〉

高杉　良　エリートの反乱〈短編小説全集(中)〉
高杉　良　金融腐蝕列島(上)(下)
高杉　良　勇気凜々
高杉　良　混沌《こんとん》　新・金融腐蝕列島(上)(下)
高杉　良　乱気流(上)(下)
高杉　良　小説　会社再建
高杉　良　新装版　懲戒解雇
高杉　良　新装版　バンダルの塔
高杉　良　新装版　大逆転！〈小説　三菱・第一銀行合併事件〉
高杉　良　第四権力〈巨大メディアの罪〉
高杉　良　巨大外資銀行
高杉　良　最強の経営者〈アサヒビールを再生させた男〉
高杉　良　リベンジ〈巨大外資銀行〉
高杉　良　新装版　会社蘇生
竹本健治　新装版　匣《はこ》の中の失楽
竹本健治　囲碁殺人事件
竹本健治　将棋殺人事件
竹本健治　トランプ殺人事件
竹本健治　狂い壁　狂い窓

講談社文庫　目録

田中芳樹 編訳　岳　飛　伝（一）〈青雲篇〉
田中芳樹 編訳　岳　飛　伝（二）〈烽火篇〉
田中芳樹 編訳　岳　飛　伝（三）〈風塵篇〉
田中芳樹 編訳　岳　飛　伝（四）〈悲曲篇〉
田中芳樹 編訳　岳　飛　伝（五）〈凱歌篇〉
高田文夫　TOKYO芸能帖〈1981年のビートたけし〉
高村　薫　李歐《りおう》
高村　薫　マークスの山（上）（下）
高村　薫　照　柿（上）（下）
多和田葉子　犬　婿　入　り
多和田葉子　尼僧とキューピッドの弓
多和田葉子　献　灯　使
多和田葉子　地球にちりばめられて
多和田葉子　星に仄めかされて
高田崇史　Q　E　D〈百人一首の呪〉
高田崇史　Q　E　D〈六歌仙の暗号〉
高田崇史　Q　E　D〈ベイカー街の問題〉
高田崇史　Q　E　D〈東照宮の怨〉
高田崇史　Q　E　D〈式の密室〉

高田崇史　Q　E　D〈竹取伝説〉
高田崇史　Q　E　D〈龍馬暗殺〉
高田崇史　QED　～ventus～〈鎌倉の闇〉
高田崇史　Q　E　D〈鬼の城伝説〉
高田崇史　QED　～ventus～〈熊野の残照〉
高田崇史　Q　E　D〈神器封殺〉
高田崇史　QED　～ventus～〈御霊将門〉
高田崇史　QED　～flumen～〈九段坂の春〉
高田崇史　Q　E　D〈諏訪の神霊〉
高田崇史　Q　E　D〈出雲神伝説〉
高田崇史　Q　E　D〈伊勢の曙光《あけぼの》〉
高田崇史　QED　～flumen～〈ホームズの真実〉
高田崇史　毒　草　師〈QED Another Story〉
高田崇史　Q　E　D〈～flumen～月夜見〉
高田崇史　Q　E　D〈～ortus～白山の頻闇〉
高田崇史　Q　E　D〈憂曇華《うどんげ》の時〉
高田崇史　Q　E　D〈源氏の神霊〉
高田崇史　Q　E　D〈神鹿《しんろく》の棺《ひつぎ》〉
高田崇史　試験に出るパズル〈千葉千波の事件日記〉

高田崇史　試験に敗けない密室〈千葉千波の事件日記〉
高田崇史　試験に出ないパズル〈千葉千波の事件日記〉
高田崇史　パズル自由自在〈千葉千波の事件日記〉
高田崇史　麿の酩酊事件簿〈花に舞〉
高田崇史　麿の酩酊事件簿〈月に酔〉
高田崇史　クリスマス緊急指令〈～きよしこの夜、事件は起こる！～〉
高田崇史　カンナ　飛鳥の光臨
高田崇史　カンナ　天草の神兵
高田崇史　カンナ　吉野の暗闘
高田崇史　カンナ　奥州の覇者
高田崇史　カンナ　戸隠の殺皆
高田崇史　カンナ　鎌倉の血陣
高田崇史　カンナ　天満の葬列
高田崇史　カンナ　出雲の顕在
高田崇史　カンナ　京都の霊前
高田崇史　軍　神　の　血　脈〈楠木正成秘伝〉
高田崇史　神の時空《とき》　鎌倉の地龍
高田崇史　神の時空　倭《やまと》の水霊
高田崇史　神の時空　貴船の沢鬼

2024年6月14日現在